메피스토펠레스의 유혹,
지우개

작가 水 대본집

지우개

메피스토펠레스의 유혹,

좋은땅

작가의 말

신을 알고자 공부한 신학, 결국 사람에 대한 이해로

학부에서 영문학과 교육학을 전공했습니다. 대학원에서 북한·통일 정책을 공부하기도 했지만 그 길이 제 길이 아님을 깨닫고 일 년 후 그만두었어요. 이후로 다시 배움에 목마름을 느끼고 신학대학원에 들어가 수년간 신과 사람에 대해 공부했을 때에는 20년이라는 세월이 훌쩍 지난 뒤였습니다. 평생 신앙인으로 살면서 가졌던 신에 대한 궁금증을 해결하고자 시작한 신학은 인간 존재의 근원을 연구하게 했습니다. 그리고 영문학, 교육학, 신학 등의 학문은 모두 한곳을 가리키고 있다는 것을 깨닫게 되었죠. 결국 사람이었습니다.

드라마, 사람을 말하다

영어교육 드라마를 제작하던 작가 겸 프로듀서로 일했던 경력은 전업주부가 되어서도 저를 TV 앞으로 끌어당겼습니다. 하지만, 그것에 대한 관심이 책보다는 못했던 것 같아요. 재미는 있었어도 감동을 느껴 본 적이 없었거든요. 그럼에도 불구하고 드라마가 쓰고 싶어서 드라마 작가 교육원에서 공부하며 습작을 해 나갔습니다.

그러던 어느 날! 〈미생〉이라는 드라마를 보고 가슴이 후들후들 떨려 오는 경험을 하게 되었습니다. 〈미생〉은 누구나 공감하는 보통 사람들의 이야기를 하면서도 심금을 울리고 있었거든요. 나도 저렇게 사람 냄새나는 이야기를 쓰고 싶다는 열망이 강하게 생겼더랬습니다. 이러한 바람과 고민은 오늘까지도 진행 중이랍니다.

새로운 시작, 『중, 고등학생들을 위한 쉬운 인문고전』

네이버 블로그에 인문고전을 소개하기 시작했습니다. "중, 고등학생들을 위한 쉬운 인문고전" 청소년기에 인문 고전 독서가 얼마나 큰 자양분이 되는지 깨닫고 이를 나누고자 블로그를 운영하고 있다고 소개했습니다. 하지만, 이웃의 대부분은 청소년들에게 영향력을 끼치는 성인들입니다. 그분들이 가정이나 교육의 현장에서 청소년들에게 인문 고전을 재미있게 느끼도록 했으면 해서 시작했어요. 어려운 인문고전을 최대한 알기 쉽게 해설하려고 고군분투 중입니다. 인문 고전을 쉽고 재미있게 소개하는 일, 요즘 저의 가장 큰 기쁨이며 보람이랍니다. 앞으로도 필명 水처럼 물 흐르듯 자연스럽게 쓰는 글들이 세상으로 흘러가 선한 영향력을 끼치게 되길 소망하고 있습니다.

감사함으로

제가 아버지에게 받은 유산이라면 책을 좋아하는 DNA도 있겠지만, 1984년에 출판된 561페이지짜리 낡은 책 괴테의 '파우스트'입니다. 아버지의 책 가운데 가장 흥미로운 책표지를 하고 있었거든요. 지금도 가보처럼 간직하고 있습니다. 이 책 덕분에 작가가 될 수 있었습니다. 돌아가신 아버지께 감사드립니다. 영원한 지원군으로서 제가 작가 활동을 할 수 있도록 든든한 버팀목이 되어주신 친정엄마와 오빠, 남편과 딸 서진이에게도 감사합니다. 그리고 35년이라는 오랜 세월 변함없이 나의 곁을 지켜 준 지기인 혜경, 남정, 연주, 미선이에게도 고맙습니다.

마지막으로 희곡 〈호상〉에 대해 언급하지 않을 수 없습니다. 이것이 글로 나오기까지 덩어리로 품고 있던 어떤 것을 작품으로 풀어 쓸 수 있도록 가르침을 주신 저의 스승, 이화여대 신학대학원의 장윤재 교수님께 감사드립니다.
〈호상〉은 주인공 '박판례' 할머니처럼 우리 사회가 이만큼 성장할 수 있도록 우리를 지탱해주신 모든 어머님들께 헌사하는 글입니다. 특별히 사랑과 헌신으로 저희 남매를 키워 주신 외할머니 김수업 여사님께 이 글을 바칩니다.

2023. 10月 작가 水

목차

메피스토펠레스의 유혹, 지우개

메피스토펠레스의 유혹, 지우개

드라마 콘셉트

기억을 팔아 현실을 도피하고자 했던 기막힌 사연을 간직한 중년 여성이 기억의 소중함을 깨닫게 되는 판타지, 스릴러 드라마

작의

우리는 지난 기억들을 추억으로 간직할 수 있는 삶을 살고자 한다. 그러나 기억들이 모두 아름답고, 기쁘고 좋은 것의 군집으로 이루어진 추억일 수만은 없을 것이다. 생의 어느 순간, 어느 지점은 떠올리기조차 숨 막히는 기억으로 존재한다. 해서 그 기억만 없다면 자신의 생은 완벽해질 것만 같은 바람을 갖기도 한다. 그러나, 이것은 완벽한 착각이다. 오늘의 나를 '나'이게 하는 그것은, 바로 '기억'이기 때문이다.

아리스토텔레스는 '기억은 영혼의 기록'이라고 말했다. 영혼을 통한 육체의 형성을 말하는 아리스토텔레스에게 기억은 영혼을 기록하는 중요한 '어떤 것'이었다. 또한 고대 히브리인들에게 구원은 기억으로부터 온다는 말이 있다. 기억하는 가운데 현재의 삶 속으로 신의 치유가 들어온다는 것이다. 그렇게 히브리인들은 매년 절기와 성찬을 통해 과거의 기억을 현재에 재현해 냄으로써 그 기억으로 현재를 살아가는 자신들의 정체성을 깨

닿고, 다가올 미래를 희망할 수 있었다. 그렇다. 기억은 인간 내면의 심연 한가운데 뿌리내려 우리로 하여금 실존으로서 현재를 살게 하며, 미래에 대한 희망을 꿈꾸게 한다.

드라마 『지우개』가 다루고 있는 '기억의 상실'은 기억이 당신에게 무엇을 의미하는가를 다시금 상기하게 할 것이다.

등장인물

이시정(여, 53)

잊고 싶은 기억을 간직한 채 하루하루를 죽지 못해 살아가는 중년의 여자. 우연히 재회한 고향 친구 유미로부터 젊음과 미모, 삶의 활력을 되찾을 수 있는 성형외과를 소개받는다. 그곳에서 시정은 젊음과 기억을 맞바꾸자는 제안을 받게 된다.

이유미(여, 53)

이시정의 어릴 적 친구로 본명은 이점순. 20대 초반의 미모와 젊음을 가지고 500억 매출의 '아기피부화장품' 회사의 대표이사가 되어 있다. 미모와 젊음을 유지하기 위해 어릴 적 기억을 공유하고 있는 시정의 기억을 필요로 한다.

닥터 유(남, 나이 알 수 없음)

20대의 빛나는 외모를 가진 신비의 인물. 창백하리만큼 하얀 피부에 날카로운 눈빛과 아름다운 턱선을 따라 흐르는 미소의 차가움이 영화 속 드라

큘라를 닮았다. 타인의 기억을 가지고 미모와 젊음을 되찾는 시술을 시행하고 있는 성형외과 의사이다.

늙은 간호사(여, 나이 알 수 없음)

병원사람 중 유일하게 늙은 외모를 가진 할머니. 병원 안에서 허드렛일을 하는 것처럼 보이나, 실상은 닥터 유를 조정하며 끔찍한 방법으로 병원을 운영해 가는 메피스토펠레스들의 괴수이다.

김정구(남, 55)

시정의 남편. 소싯적 꽃미남이던 미모는 간데없고 뚱뚱한 몸집에 하얀 속살을 드러낸 반대머리의 평범한 중년의 직장인이다.

그 외

아들 준호, 시누이 선희, 젊은 남자 비서, 영기 엄마, 영기, 불량학생 1, 2, 3, 동네 여자 1, 동네 여자 2, 마트 직원, 상담실장, 신경정신과 의사, 횟집 매니저, 웨이터, 백화점 직원, 화장품 회사 직원들, PD, AD, 쇼핑호스트 1, 2, 카메라 감독 등

#1. 시정의 집 거실 / 현관 (아침)

괴테의 파우스트 책 CU. 파우스트 박사와 악마 메피스토펠레스가 나란히 겉표지에 있는 모습으로부터 카메라 시선이 거실 곳곳에 있는 가족사진으로 옮겨 간다. 남편, 시정, 아들 준호의 행복한 모습이 담긴 사진들로 가득하다. 세 사람 모두 통통한 살집의 둥글둥글함이 눈에 들어온다. 시정은 남편을 배웅하기 위해 현관으로 나온다.

남편   가을전어? 반찬 좀 신경 써. 가을전어 사 달라는 말이 나오기는 해?
          요새 힘 딸려 죽겠구먼. 갔다 올게. (나간다)
시정   (혼잣말로) 뭘 얼마나 힘을 쓴다고.

#2. 시정의 차 안

십 년도 더 된 구닥다리 차를 몰고 시정은 마트에 장을 보러 가고 있다.

시정   (백미러로 얼굴을 들여다본다) 에휴, 완전 푸욱 삭았구만. 더 이상 여자가 아니무니다.

중앙선 건너 맞은편에 최고급 승용차에 선글라스를 낀 이십 대 여자가 보인다.

시정	저런 애들은 좋것다. 젊고 예쁘고… 부모 잘 만나 어린
	나이에…
	휴우…

신호가 파란불로 바뀐 것을 본다. 시정도 브레이크에서 발을 떼고 엑셀을 서서히 밟는다.

E. 쾅! 차 부딪히는 소리.

중앙선 맞은편에 서 있던 고급 승용차의 그녀가 중앙선을 넘어 불법 유턴을 하면서 출발하려는 시정의 승용차를 들이받는다. 시정, 운전대에 머리를 부딪친다. 그대로 운전대에 머리를 박고 움직이지 않는다. 이때, 사고를 낸 그녀가 다가와 차 창밖에서 시정을 걱정스러운 듯 깨운다.

유미	(걱정스러운 듯 창문을 두드리며) 괜찮으세요? 저기요.
	일어나 보세요. 괜찮으세요?
시정	어… (정신이 몽롱한 상태에서 창문을 내린다)

여자의 얼굴이 눈에 들어온다. 여자의 얼굴에서 광채가 난다. 우와! 예쁘다 표정.

시정	(이마를 만지면서) 아니, 이 아가씨가 낮술을 먹었나.
	거기서 불법 유턴을 하면 어떻게 해요? 기본상식이 있

	지? 큰 사고 났으면 어쩔 뻔했어?
유미	(한참 물끄러미 시정을 바라본다)
시정	(여자의 시선이 불편한 듯) 왜요? (갑자기 놀라면서 본인의 얼굴을 만져 보며 울상이다) 나, 피나는 거야?
유미	(담담하게) 이시정? 이시정 맞지?
시정	(호들갑 떨던 손을 거두고 조심스럽게)…?
유미	나야, 이유미! 아니, 이점순. 기억 안 나?
시정	점순?

앞에 있는 이십 대 여자의 얼굴 위로 점이 하나 날아들더니, 코 옆에 콱 박힌다.

| 시정 | 이점순! |

순간, 못생겼던 점순의 얼굴과 앞에 서 있는 이십 대 여자의 얼굴이 화면 위에 나란히 비친다. 두 얼굴은 서로 마주 본다. 두 얼굴은 다시 시정을 바라보며 입모양으로 말한다. "나야 나, 이 점 순."

#3. 도로 한가운데

시정은 차 밖으로 나온다.

시정	(믿기 힘들다는 듯) 니가 점순이라고야?

카메라, 유미의 다리부터 훑고 얼굴 쪽으로 올라간다.

시정	(손가락을 동그랗게 말고는 코 옆에 대면서) 코에 왕 점은…
유미	그거 뭐 좋은 거라고 지금까지 달고 다닌다냐? (순간 튀어나온 사투리에 놀라며, 다가와 작은 목소리로) 그리고, 나, 유미야, 이유미.
시정	이유미…
유미	(헛기침) 흠. 오랜만에 고향 친구 만났는데… (차의 외관을 대충 훑어보고는) 차는 별 이상 없는 거 같고. 내가 점심 살게. 너, 뭐 좋아하니?
시정	그냥… 아무거나…

#4. 일식 요리집

두 사람 고급 일식집에 들어선다. 카운터에 있는 매니저, 정중하게 인사하면서 맞이한다.

매니저	어서 오십시오. 두 분이십니까?

유미, 가볍게 고개를 끄덕이자 매니저가 두 사람을 안쪽으로 안내한다. 시

정, 두리번거리며 주위를 살피면서 유미를 따라 들어간다.

#5. 일식 요리집 / 방

두 사람 앞에 상다리가 휘어지도록 고급 일식요리가 준비되어 나온다. 시정은 눈이 휘둥그레진다. 그런 시정을 유미, 즐거운 듯 바라본다. 이때, 가을전어가 시정의 앞에 놓여진다.

유미　　　집나간 며느리도 다시 돌아오게 한다는 가을전어. 너 좋아하지? 가을 전어 볼 때마다 가끔 네 생각나더라.

#6. 회상 / 고향집

점순의 코 옆, 점 C.U로부터 장면 시작.
점순과 시정은 친구 선희의 중학생 오빠 정구가 전어를 굽는 것을 군침을 흘리며 지켜보고 있다.

정구　　　(전어를 밥 상위에 얹어 놓으며) 아나. 집 나간 며느리도 돌아오게 한다는 전어다.
점순, 시정, 선희 워메. 징하게 맛있것네잉.

17

점순, 제일 큰 전어를 덥석 집는다.

정구   (젓가락으로 점순이 집은 전어를 가로채며) 요것은 임자
                    가 따로 있는디. (시정의 밥 위에 얹어놓는다) 묵어 봐.

시정   (한 젓가락 입으로 가져가더니, 새침하게) 둘이 먹다 하
                    나 디져 부러도 모르겠네잉.

정구   (자리에서 일어나며) 다 구워야 쓰것다.

중학생 정구는 뿌듯해하며 열심히 전어를 굽는다. 시정과 정구, 서로에게
관심어린 눈짓을 보낸다. 두 사람의 모습을 시샘 어린 눈빛으로 지켜보는
점순.

#7. 일식 요리집 / 방

시정을 보던 유미, 뭔가 생각난 듯,

유미   그 멋있고 자상하던 정구 오빠, 어디서 뭐 한다디?

시정은 못 들은 냥 음식을 먹느라 정신이 없다. 유미, 물 한 잔 마시면서
시정을 바라본다. 서서히 차갑게 변하는 유미의 표정.

#8. 시정의 집 거실

시정의 남편, 소파에 대자로 누워 코골며 자고 있다. 부엌에서 나오다 이 모습을 본 시정, 한심하다는 듯 팔짱을 끼고 남편을 내려다보고 서 있다.

시정   뭐, 그 멋있고 자상하던 정구 오빠? 배불뚝이 대머리 돼서 우리 집 거실에서 주무신다! (코를 비틀며) 그만 좀 일어나! 이 배불뚝이 정구 오빠야!

남편   아야야!

#9. 시정의 집 욕실 (아침)

세면대에서 세수를 마친 시정. 거울에 비친 자신의 얼굴을 본다. 그늘진 눈 밑의 다크써클, 깊게 패인 팔자주름, 축 처진 볼살에 칙칙한 얼굴색. 갑자기 유미가 떠오른다.

Insert cut 1. 이십 대 같은 유미의 미모와 럭셔리함.

애써 기억하지 않으려는 듯 고개를 가로 젓더니, 신경질적으로 수건걸이에 걸린 수건을 확 빼들고 방으로 들어간다.

#10. 시정의 방

방에 들어서자, 향수 냄새가 진동하고 방바닥엔 넥타이들이 널브러져 있다. 남편은 연신 넥타이를 바꾸어 가며 목에 대어 보면서 거울 앞에 서 있다.

시정   (스킨 바르며) 어디 가?

정구   (화들짝 놀라며) 응, 오늘 부부…… 아니 모임 있잖아, 회사에.

시정   그래? (갑자기 생각난 듯) 회사 간부들 모임? 그거 부부 동반이라고 하지 않았어?

정구   그, 그랬었지.

시정   그런데?

정구   그냥, 남자들끼리만 모이자고 해서… (황급히 넥타이 둘러매고) 갔다 올게잉. 기다리지 마. 늦을 거야.

시정   (무심한 듯 화장품 계속 바른다) 잘 댕겨 오시요. (밖을 향해) 술 너무 퍼마시지 말고.

#11. 시정의 집 / 거실

거실에 걸린 가족사진 액자를 닦는다. 준호 얼굴을 애틋하게 쓰다듬더니, 더욱 열심히 액자를 닦는다.

#12. 시정의 집 / 다용도실

빨래한 바구니를 힘들게 들고 와 세탁기에 넣어 돌린다.

#13. 시정의 집 / 거실

거실에 주방에 널브러진 신문들을 정리하고, 청소기를 꺼내 든다. 구석구석 청소를 한다. 청소기 돌아가는 소리 속에 어릴 적 점순이의 모습이 떠오른다.

E. 청소기 작동하는 소리.

#14. 회상 / 어릴 적 시골 고향집

아이들 대여섯 명이 점순을 가운데 두고 원을 돌며 놀린다. 점순은 울고 있다. 남자아이들은 진흙을 뭉쳐 코 옆에 점순의 것과 닮은 큰 점을 붙이고 있다.

아이들   뚱땡이 뺑덕어멈. 이점순은 뚱땡이 뺑덕어멈. 뺑덕어멈. 뺑덕어멈.

점순   하지 말랑께. 하지 말란 말이여. 하지 마. 하지 말란 말이여. (자리에 쪼그리고 앉아 운다) 으아앙.

#15. 시정의 집 / 거실

손에 든 청소기가 자리에 서서 그냥 돌아간다. 정신을 차리고, 청소기 전원을 끈다. 그런데, 전원이 꺼지지 않는다. '에잇' 코드를 힘껏 잡아 뺀다. 코드가 빠지는 순간 집 전화벨이 울린다. 깜짝 놀란 시정은 뒤로 나자빠진다.

E. 집 전화 벨 소리.

시정　　　위메, 애 떨어지것네. (가슴을 쓸어내리며) 여보세요?

친구(F)　　나야 나. 오늘 몇 시에 나갈 거야?

시정　　　몇 시에? 어딜?

친구(F)　　너 몰라? 오늘 회사 간부들 부부동반 모임 있잖아. 7시에.

시정　　　부부동반 취소되었다고…… (남편의 모습을 떠올린다)

남편(E)　　그냥, 남자들끼리만 모이자고 해서… 갔다 올게잉.

시정　　　아니, 이 썩을 놈의 인간.

친구(F)　　애, 애. 아무래도 너희 남편이 거짓말했나 보다. 너 생각해서 그런 거 같은데, 그래도 김 부장님 너무 심했다. 일년에 한 번 있는 모임에.

시정은 전화기를 들고 서서 수화기 너머로 들려오는 친구의 목소리를 듣고 섰다.

뭔가 말할 수 없는 뜨거운 설움과 배신감이 안에서 올라오는 것을 꾹 참으면서.

#16. 시정의 집 / 침실

침울한 표정의 시정, 침대에 쪼그리고 앉아 있다. 침대 앞에 놓여 있는 화장대 거울 속에 자신의 우울한 얼굴이 들어 있다. 천천히 손을 들어 푸석한 얼굴과 떡 진 머리를 쓸어 본다. 분하다. 그러다가 옷장을 열어 코트 주머니를 뒤진다. 주머니에서 명함이 나온다. 유미의 것이다. 전화를 건다.

E. 전화신호음.

시정, 전화를 건다. 수화기 너머로 '여보세요'라고 하는 유미의 목소리를 듣자 황급히 전화를 끊는다. 이번엔 시정의 핸드폰이 울린다.

E. 핸드폰 벨 소리.

유미다. 괜히 걸었다 싶다. 좀 망설이다가 전화받는다.

유미(F)	전화를 걸어놓고 왜 끊어?
시정	(당황한 듯) 응, 그냥. 너무 늦은 시간 아닌가 해서…
유미(F)	늦기는. 이제 아홉 시인데.

시정	그런가…
유미(F)	우리 집에 올래? 우리 집에서 술이나 한잔할까?
시정	술?

#17. 고급빌라 단지

택시가 고급빌라 단지 앞에 시정을 내려놓는다. 경비초소를 지나려는데
경비, 시정을 불러 세운다.

경비	어이, 이봐요. 아줌마! 어디 가세요?
시정	(주위를 둘러보면서) 저요? 705동 304호요.
경비	(적는다) 705동 304호. 도우미세요?
시정	네에? 친구 집에 놀러왔는데요.
경비	(적던 손을 멈추고) 친구요? 그 집에는 젊은 아가씨 혼자 사시는데… 엄마가 오셨나?
시정	(기가 차다는 듯) 엄마요?

경비 인터폰으로 유미의 집을 연결한다.

경비	네, 여기 어머님 친구분이신 것 같은데… (듣더니) 네, 알 겠습니다. (시큰둥하게) 들어가 보세요.
시정	(경비초소를 지나면서 구시렁대며) 어머님 친구? 눈치

없는 할배 같으니.

#18. 유미 집 / 현관문

시정은 럭셔리한 현관문 앞에서 심호흡을 한다. 그리고, 조심스럽게 초인종을 누른다. 유미, 인터폰 모니터로 시정의 모습을 바라본다. 유미의 입가에 미소가 번진다.

#19. 유미 집 / 거실

유미   어서 들어와. 오는데 길 막히지는 않았어? 여기 앉아.
시정   (고급스러운 집안 모습에 눈이 휘둥그레진 표정으로) 응.
유미   기다려. 맛이 좋은 포도주 있거든. 그거 마시자. 괜찮지?
시정   뭐, 아무거나.

시정은 앉아서 집을 둘러본다. 으리으리한 규모와 고급 가구들. 시선이 안주를 준비하는 유미에게 멈춘다. 찰랑거리는 긴 머리, 탄력 있는 가슴과 탱글탱글한 엉덩이와 허벅지, 한줌도 안 되는 가녀린 허리… 부러운 듯 그녀를 바라다본다. 유미와 눈이 마주치자, 황급히 시선을 거둔다. 유미, 눈치 채고 입가에 희미한 미소 짓는다.

#20. 유미 집 / 거실

(시간 경과)

두 사람 앞에 빈 포도주 병이 세 병 놓여 있고, 안주 접시도 거의 비어 있다.
시정과 유미, 취기가 올라온 얼굴로 소파에 비스듬히 기대어 앉아 있다.

시정   아무튼, 그놈의 정구 오빠가 나를 딱 시키고 지금 저 혼자 북 치고 장구 치고 놀고 계신다 이거야… 그 멋있고 자상했던 정구 오빠가 말이야. (순간 주변을 두리번거리더니) 그런데, 너희 남편 들어올 시간 되지 않았니? 아이는?

유미   (당황한 듯. 곧 침착하고 무심하게) 남편은 유럽 출장 갔어. 우리 아들은 미국에서 유학해. 대학생.

시정   그렇구나. 그건 그렇고, 너는 뭘 하는데 이렇게 돈을 많이 벌었어?

유미   화장품 회사 운영해.

시정   그래? 규모가 꽤 큰가 봐.

유미   뭐, 좀 돼. (시정의 빈 술잔에 술을 따라 주며 황급히 화제 바꾼다) 그래서, 속상해서 나한테 전화했었구나?

시정   아니 아니, 나 물어보고 싶은 게 있어서.

유미   물어보고 싶은 거?

시정   응. 어떻게 하면 너처럼 되나 싶어서. 누가 널 보고 오십 대 아줌마라고 하겠냐? 이십 대도 완전 킹카 이십 대지… 킹카고말고. (엄지를 들어 보이며) 킹카, 킹카…

유미	내가 좀 그래 보이니?
시정	아야, 니가 좀 그래 보이냐고야? 겁나 그래 보여야. 겁나! 있잖냐. 내가 요 몇 년 사는 낙이 없어야. 너 본께 나도 너처럼 젊고 예뻐져서 재미지게 살고 싶다는 생각이 확 안 드냐. 물론 돈도 많으면 좋제… 너처럼…어떻게, 어떻게 나는 좀 안 되것냐? (픽 쓰러진다)

유미, 쓰러진 시정을 싸늘하게 바라본다.

#21. 유미 집 / 침실 (아침)

잠에서 깨어난 시정은 머리가 깨어질 것 같다. 어젯밤 술주정했던 자신의 모습이 떠오른다.

Insert Cut 2. 술 취한 시정의 모습.

창피한 듯 자신의 머리를 스스로 쥐어박는다. 목이 마르다. 조심스럽게 침대에서 나와 방문을 열고 거실로 나간다.

#22. 거실

거실로 나오니 TV에서 쏘옥 빼내온 듯, 잘생긴 젊은 남자가 앞치마를 입고 부엌에서 아침을 준비 중이다. 인기척을 듣고, 황급히 거실로 나와 시정에게 인사하는 젊은 남자.

김 비서   일어나셨습니까?
시정   (황급히 옷매무새와 머리 모양을 정리하면서) 그런데, 누구?
김 비서   이 대표님의 수행비서입니다. 이 대표님께서 친구분 아침식사 꼭 챙겨 드리라고 하셨습니다.
시정   이 대표님……

#23. 주방

젊은 남자는 능숙한 솜씨로 아침을 준비한다. 시정은 그를 슬쩍 훔쳐보고 있다. 잘생긴 얼굴, 훤칠한 키, 멋있는 목소리, 떡 벌어진 어깨. 저런 남자가 나를 위해 아침을 하고 있다고 생각하니, 시정은 꿈을 꾸는 것만 같다.

시정(F)   그냥 죽이는구만.

젊은 남자는 이내 먹음직한 북엇국을 떠서 시정의 앞에 놓는다.

시정   (한 술 떠먹고 나서 걸걸하게) 캬아. 어어, 시원하다. (젊은 남자의 시선을 느끼고는 얌전하게) 맛있네.

젊은 남자가 자리를 뜨자, 시정은 정신없이 북엇국을 먹으면서 지난밤 술에 절여진 쓰라린 장기들을 다스리듯 가슴과 배를 쓰다듬는다.

#24. 주방

젊은 남자, 명함을 내민다.

김 비서   대표님께서 이걸 전해드리라고 하셨습니다.

젊은 남자가 내민 명함엔 '추억의 성형외과'라고만 적혀 있다. 번호도 없이.

시정(E)   나도 너처럼 젊고 예뻐져서 재미지게 살고 싶다는 생각이 확 안 드냐.

젊은 남자의 핸드폰이 울린다.

E. 핸드폰 벨 울리는 소리.

김 비서   (핸드폰을 건네며) 이 대표님이십니다.

유미(F)	이제 정신이 좀 드니?
시정	언제 나간 거야? 난, 속 쓰려 죽것는디, 넌 괜찮냐?
유미(F)	나야 뭐, 그 정도 가지고. 명함 받았니?
시정	응. 그런데 이것이 뭐다냐?
유미(F)	너, 나처럼 되고 싶다며? 네가 했던 말 기억 안 나?
시정	기억…나지. 그럼 너… (젊은 남자의 눈치를 보며 몸을 돌려 작은 목소리로) 그럼, 너, 그러니까 그거 뭐냐, 전신 성형한 거여? 머리부터 발끝까지 싸악?
유미(F)	아니라면 아니고, 맞다면 맞을 수도…
시정	땍! 얘가 얘가, 지금 뭐라는 거여. 내가 그럴 능력이 된다냐? 너야 돈도 많고 또…
유미(F)	돈 필요 없으니까 가 보라고 하는 거야.
시정	돈이 필요 없어?
유미(F)	돈을 받는 곳이 아니야.
시정	돈을 받는 곳이 아니야? (생각하더니) 그럼 혹시…… (경악하며) 장기 매매!

#25. 고급승용차 안

젊은 남자가 운전하는 고급승용차는 시정을 태우고 '추억의 성형외과'를 향해 달려가고 있다. 유미의 목소리가 귓가에 맴돈다.

| 유미(F) | <u>오호호호</u>. 장기 매매? 설령, 장기를 팔아서라도 네가 나처럼 될 수 있다면 팔 수 있을 만큼 너 간절한 거 아니야? |

#26. 성형외과 앞

인적이 드문 외딴곳에 차가 멈추자, 젊은 남자가 재빠르게 내려 시정에게 차문을 열어 준다.

| 김 비서 | 다 왔습니다. |

| 유미(E) | 돈 필요 없으니까 일단 가 보도록 해. 너에게 새로운 인생을 보여 줄 거야. |

시정은 '추억의 성형외과' 간판을 올려다본다.

| 시정 | (주위를 둘러보면서) 뭐 이렇게 한적한 곳에 병원이 있대?
(F) 그래, 일단 들어가 보지 뭐. 아님 말고. |

시정은 간판을 올려다보면서 숨 한번 길게 내쉬고는 병원으로 들어간다.
'추억의 성형외과' 간판 CU.

#27. 성형외과 로비

외딴곳에 병원 건물이 달랑 있어서 한적한 줄 알았던 병원 내부에는 TV에서나 볼 수 있는 눈부신 미녀들로 발 디딜 틈이 없다. 직원이 다가온다.

직원   이시정 님?
시정   네?
직원   여기 잠시 앉아 계세요.
시정   네.

시정은 함께 앉아 기다리는 미녀들을 둘러본다. 그녀들은 머리부터 발끝까지 완벽하게 아름답고 젊다.

시정(F)   (미녀들을 훑어보며) 저 가슴 좀 봐. 족히 E컵은 돼 보이는구만. 설마 자연산은 아니것지? 워메, 저 다리. 징하게 길구만. 다리도 늘려 주나? 저 가시나 콧날 봐라. 수박도 자르것네. 이런 것들은 뭣 땜에 여기 와 있는 거여?

이때, 빼어난 미모의 늘씬한 상담실장이 시정에게 다가온다.

상담실장   이시정 님, 진료실로 안내해 드리겠습니다.
시정   네…

#28. 진료실 / 내부

진료실 안으로 들어온 시정은 진료 의자에 앉는다. 커튼 뒤에서 의사로 보이는 남자가 차트를 들고 나와 책상 앞에 앉는다. 카메라 시선, 남자의 발부터 얼굴까지 따라 올라가면 아름다운 남자 얼굴 보인다. 시정은 의사의 얼굴을 보는 순간 아름다운 그의 모습에 숨이 확 막혀 오는 것을 느낀다.

닥터 유   (친절하게) 이유미 대표님 친구시라구요?

시정   네? 아, 네.

닥터 유   긴장 풀고 편안하게 계셔도 됩니다.

시정   (애써 웃어 보이며) 긴장이요? 아니, 그런 거 없는데……요.

닥터 유   (환한 미소를 지어 보이며 실장에게) 그럼, 시작할까요? 라이트!

상담실장   네. (실내등을 끈다)

진료실 앞쪽 벽에서 스크린이 내려오고 '추억의 성형외과'에 대한 홍보영상물이 시작된다. 아름다운 여성들이 하늘하늘한 옷들을 걸치고 바람 속에 머리를 흩날리며 천천히 춤을 추듯 움직이고 있는 몽환적 분위기의 영상이 보여진다. 이윽고, 영상 속에 이유미가 등장한다.

시정(F)   유미?

#29. 홍보영상

영상 속 유미   제가 올해 쉰 셋이거든요. 그런데, 모두 저더러 이십 대 초반 같다고들 해요. 겉모습뿐 아니라, 실제 건강 상태도 이십 대입니다. 저는 젊음과 미모를 얻고 사회적으로도 성공했지요. 현재 아기피부 화장품 회사를 연간 500억 매출에 달하는 회사로 성장시켰으니까요. 몇 년 전만 해도 상상할 수 없는 일이 제 인생에 생긴 거지요. '추억의 성형외과'를 만난 건 신이 주신 선물이라고 생각합니다.

#30. 진료실 안

홍보영상이 멈추자 실내에 환하게 불이 들어온다.

닥터 유   잘 보셨나요?

시정   네, 그런데요…

닥터 유   말씀하세요.

시정   유미가 그러는데, 이유미 대표요. 전신성형을 해 주는데 돈을 받지 않으신다고. 그럼, 비용은 어떻게…?

닥터 유   네에! 좋은 질문입니다. 주사 한 대만 맞으면 되는 수술 없는 전신성형! 저희가 개발한 획기적인 시술이지요. 이 시술을 받으시는 동안 돈은 한 푼도 받지 않습니다.

시정	한 푼도요?
닥터 유	네에! 한 푼도!
시정	그럼 어떻게?
닥터 유	대신!
시정	대신…
닥터 유	이시정 님은 오실 때마다 일 년간의 기억을 우리에게 주시면 되는 겁니다.
시정	(매우 놀라며) 네에? 그게 가능하단가요?
닥터 유	그럼요! 과학의 발달은 우리의 생각을 뛰어넘고 있습니다.
시정	그래도, 기억을 판다는 건 좀…
닥터 유	(다그치듯 빠른 말투로) 왜요, 어려우신가요? 살면서 괴로웠던 기억, 잊고 싶은 기억이 없으셨나요?
시정	왜 없겠어요.
닥터 유	그럼, 지금껏 오십 삼 년이나 살아왔는데, 일 년 정도 기억이 없어진다고 해서 살아가는 데 크게 문제가 될까요?
시정	그래도 기억을 잃는다는 건 좀……
닥터 유	시정 님이 상상할 수 없는 미모와 젊음, 건강이 싫으세요?
시정	그런 건 아니지만…
닥터 유	(시정을 그윽한 눈빛으로 바라보며 속삭이듯) 상상해 보세요. 시정 님이 아름다워지고 나서 새롭게 펼쳐질 시정 님의 앞날들. 그 찬란한 미래에 엎드려 경배할 새로운 세상을 상상해 보세요.

Insert Cut 3. 유미 집에서 보았던 유미의 아름다운 외모와 럭셔리한 집. 아침식사를 차려 주던 젊은 남자.

닥터 유   그 경이롭고 찬란한 미래로 기억을 새롭게 채워 나가면 되는 겁니다. (시정을 그윽이 바라보며) 어떠세요? 시정 님?

Insert Cut 4. (#10과 동일)

남편   그냥, 남자들끼리만 모이자고 해서… (황급히 넥타이 둘러매고) 갔다 올게잉.

시정   그렇긴 하지만…

닥터 유   오십 삼 년 동안 살면서 소중히 간직해야지 하는 기억이 뭐 얼마나 되겠어요. 그중에 고작 일 년, 딱 일 년입니다.

시정   일 년…

닥터 유   그래요. 일 년! 까짓껏 일 년 기억이 없어진다고 시정 님이 시정 님이 아니겠어요?

닥터 유, 망설이는 시정의 눈치를 보더니, 차트를 덮으며.

닥터 유   물론 강요하는 건 아닙니다. 언제든 생각이 바뀌시면…

시정(OL)   (덤덤히) 해 주시요.

닥터 유   …….

시정	(덤덤히) 한다고요. 해 주시요.
상담실장	(기다렸다는 듯이 즉시 동의서를 내밀며) 여기에 사인하시면 됩니다.
시정	사인이요?
닥터 유	걱정 마세요. 형식적인 거니까요.

시정이 대충 사인하자,

닥터 유	(결심이 장하다는 듯 박수치며) 브라보! 훌륭합니다. 정말 훌륭해요.
	시정 님의 아름다운 모습을 우리 병원에 걸어 두고 길이 길이 기억하도록 하지요. 축하합니다!
상담실장	이시정 님, 이쪽으로 오세요.

시정, 복잡한 심경의 얼굴로 잠시 머뭇거리다가 곧 상담실장을 따라 나간다. 닥터 유, 책상에 놓여진 수술동의서를 집어 들더니, 싸늘한 표정으로 미소 짓는다. 수술동의서 CU.

#31. 진료실 밖 복도

진료실을 나오자 복도와 대기실에 있던 미녀들과 직원들 모두 일어나 환호하고 박수친다. 모두들 '축하해요'라는 말을 연발한다. 마치, 영웅을 맞이하는 것처럼 시정의 목에 꽃목걸이를 걸어 주고 꽃다발에, 폭죽까지. 시정은 어리둥절해 정신이 없다. 이때, 누군가 시정의 어깨에 손을 올린다. 시정은 뒤돌아본다. 거기에는 늙은 간호사가 시정을 기다리고 서 있다. 처음 보는 늙은 얼굴이다.

늙은 간호사   (무뚝뚝한 표정으로) 이쪽으로 오시지요.

#32. 복도

시정은 사람들의 환호를 뒤로하고 늙은 간호사를 따라간다. 좀 전과는 너무나 다른 어두운 복도를 따라 안으로 들어간다.

시정(F)   뭐가 이렇게 공포영화 분위기야?

앞서가던 늙은 간호사 걸음을 멈추고 시정을 바라본다. 시정은 움찔한다. 늙은 간호사는 '시술실'이라고 적힌 방의 문을 무뚝뚝한 표정으로 열어 준다. 시정은 긴장이 되는지 군침을 꿀꺽 삼키고 안내된 방 안으로 들어간다.

#33. 시술실 / 안

시술실은 수술복에 마스크를 쓴 의사 한 명과 두 명의 간호사가 대기하고 있다. 수술복을 입은 간호사 한 명이 시정을 수술대 위로 안내한다. 시정은 눕는다. 수술대 위의 전등이 켜지자, 시정은 눈이 부셔 눈을 뜰 수가 없다. 갑자기 두려운 마음이 덜컥 든 시정은 수술대 위에서 일어나려고 한다.

시정	잠깐만요.
간호사 1	(무시하고, 재빠르게 시정의 팔목에 꽂힌 가는 관에 마취제를 투여한다)
의사	한숨 자고 일어나면 개운해질 겁니다. 셋, 둘, 하나. (블랙아웃)

#34. 대기실 안

시정은 깊은 잠에 빠져 있다. 시정의 머릿속에 기억들이 불쑥 불쑥 여러 모양으로 떠올라온다.

〈꿈〉

준호	엄마! (준호 엄마에게 안긴다)
엄마	우리 아들! 오느라 고생 많았지.
남편	(시정을 엎고 뛴다) 준호 엄마! 정신 차려. 준호 엄마!
시정	내가 요 몇 년 사는 낙이 없어야. 너 본께 나도 너처럼 젊

고 예뻐져서 재미지게 살고 싶다는 생각이 확 안 드냐.
물론 돈도 많으면 좋제… 너처럼…

이때, 꿈인지 현실인지 모를 여자의 애원하는 목소리와 짧지만 날카로운 비명이 들린다.

E. 여자의 비명소리. (사, 사, 살려 주세요. 아아악!)

직원(E)　　　이시정 님, 이제 일어나세요. 다 끝났습니다. 이제 일어
　　　　　　　나셔도 됩니다.

시정은 눈을 뜬다. 몽롱하다. 직원이 옆에서 침구를 정리하고 있다.

시정　　　(침대에 걸터앉으며) 시술실에서 얼마나 있었나요?
직원　　　삼십 분 계셨습니다.
시정　　　삼십 분이요? 한참 있었던 것 같았는데…
직원　　　밖에서 기사분이 기다리고 계세요.
시정　　　기사…

#35. 병원 로비

병원 로비와 대기실에는 아까와는 달리 개미 새끼 한 마리 보이지 않는다.

시정   이상하네. 식사 시간인가?

시정은 병원을 둘러보며 이상하다는 느낌을 받지만 병원 문을 나선다.

#36. 병원 밖

젊은 남자가 기다리고 있다. 시정을 보자, 차에서 나와 차 문을 열어 준다. 시정은 차에 올라탄다.

#37. 차 안

시정   저 혹시 거울 가진 거 있어요?

김 비서   (작은 손거울을 건넨다)

시정   (거울로 이리저리 비춰 보며) 도대체 어디가 젊어졌다는 거야?

김 비서   (백미러를 통해 시정을 쳐다본다)

시정은 자신의 집 동네 어귀에 도착하자,

시정   여기서 세워 주세요. (차에서 내리고) 자, 잘 가요. (어색하게 손을 들어 보인다)

차는 시정을 내려주고 떠난다. 시정은 떠나는 차를 바라본다.

#38. 시정의 집 / 거실

시정은 손거울로 본인의 얼굴을 들여다본다.

시정　　　　얼굴이 좀 팽팽해진 것 같기도 하고… 에이 잘 모르것는
　　　　　　　디. 그것들 괜히 사기 치는 거 아니야? 아니지. 사기를
　　　　　　　친다면 그 사람들도 뭐 얻어먹을 것이 있어야 하는디, 난
　　　　　　　준 것이 없는……

닥터 유(E)　대신, 이시정 님은 오실 때마다 일 년간의 기억을 우리에
　　　　　　　게 주시면 되는 겁니다.

시정　　　　일 년간의 기억, 아니 그것들은 대체 내 기억으로 뭘 하
　　　　　　　겠다는 건지.

이때, 남편이 들어온다. 시정은 들고 있던 거울을 탁자에 내려놓고 남편을
맞이한다.

시정　　　　(반갑게) 어, 오늘은 빨리 오네.
남편　　　　어, 어. (눈치 살피며 방으로 들어간다)

시정	(주방으로 가며) 국만 뎁히면 되니까. 빨리 씻고 나오시 요잉.
남편	(주방 쪽으로 큰 소리로) 어, 알았어! (문틈으로 시정을 바라보며) 뭐야, 화를 참는 거야, 화가 풀린 거야? 저러니까 더 무섭네.

#39. 침실

남편은 누워서 곰곰이 생각하고 있다. 시정은 욕실에서 세수 중이다.

직장 동료(E)	네가 일부러 부부동반 모임에 혼자 나간 거 너희 와이프 가 알고 있다니까 그냥 나 죽었네 하고 자진 납세해.
남편	(머리를 긁으며) 으이구… (시정이 방으로 들어오는 소 리를 듣자 침대에 똑바로 고쳐 앉는다) 세수했는가?
시정	(무심하게) 응. (화장품을 대충 바르고 이불 속으로 쏘옥 들어가며) 에구구, 허리야.
남편	어디? 허리? 이렇게 해봐 봐. 내가 주물러 줄게. (이불 속에 손을 넣어 시정의 허리를 주무른다) 어때? 시원하지? 응?
시정	(싫지 않은 듯) 아니, 거기 말고, 좀 더 위쪽. 응, 거기. 그 래 좀 낫다. 에구.
남편	(갑자기 시정의 몸을 휙 돌려 바로 누이며 음흉한 표정

으로) 오늘 따라 우리 마누라 겁나 이뻐 보이는구만.

시정 아유, 징그럽게 왜 이런데.

남편 오랜만에 뽀뽀나 한번 하잖께. (시정과 함께 이불을 획 뒤집어쓴다)

시정 어메메! 간지러워야. 저리가. 오메! 오메메!

#40. 침실

부부의 거사가 끝난 후, 시정과 남편은 팔베개를 하고 다정하게 누워 있다.

시정 근데, 나 오늘 중말 이쁘당가?

남편 그럼, 우리 마누라가 최고로 예쁘제.

시정 어메메. 입에 침이나 바르고 거짓말하시요.

남편 (이때다 싶은 표정으로) 우리 회사 동료 마누라들 중에 당신이 젤로 이쁘당께.

시정 아이고, 참말로.

남편 사실 어제 회사 간부모임 때⋯ 가면 애들 자랑이나 하고 해서⋯

시정(OL) (하품하며) 아휴, 졸려.

남편 어? 그래. (이불 덮어 주면서) 자, 어서 자. (이상한 듯 바라본다)

#41. 주방 (아침)

시정, 급하게 출근 준비하는 남편에게 두유를 건네준다.

시정   자, 이거.

남편   (두유를 받아들고) 나 늦었어. 이거 차에서 먹을께. 나
              간다잉.

시정   (현관으로 따라 나가며) 그러게, 10분만 일찍 일어나라
              니까.

남편   알았어. (급히 나가다가 뒤돌아서며) 이제, 화 다 풀린
              거지?

시정   화? 무슨 화?

남편   그럼, 진짜 풀린 거다.

시정   빨리 나가기나 하시오. 늦었다며.

남편   알았어. 나 다녀올게잉. 근데, 당신 오늘 진짜 예쁘구만!

남편은 두 손가락으로 화살표를 날리며 나간다.

시정   (혼잣말) 한 번만 더 거짓말해 봐잉. 그땐, 내 손에 그냥 콱!

#42. 대형 마트

리스트를 들고 장보고 있는 시정. 고추장이 놓여진 진열대 앞에 선다. 마트 남자 직원이 옆에서 상품을 정리하고 있다.

시정   저기요, 여기 이 회사 제품이 없네. 품절됐나 봐요.

마트직원, '빛나는' 시정의 얼굴을 물끄러미 바라보고 있다.

시정   저기요, 품절됐냐구요.
마트직원   아니요! 가져다 드릴게요. 잠시만 계세요. (어디론가 황
               급히 달려간다)
시정   (혼잣말) 왜 저래?

동네 여자 1, 동네 여자 2가 함께 장을 보다 시정을 발견한다. 자기들끼리 소곤대다가 시정에게 다가온다.

동네 여자 1 준호 엄마?
동네 여자 2 준호 엄마 맞네!
시정   안녕하세요. 오랜만이에요. 잘 지냈어요?
동네 여자 1 우린 준호 엄마 아닌 줄 알았지.
시정   아니, 왜요?
동네 여자 2 너무 예뻐져서.

시정	제가요?
동네 여자 1	얼굴에 뭐 했구나!
동네 여자 2	그러게. (시정의 몸을 앞뒤로 훑어보며) 살도 많이 빠지고.
동네 여자 1	뭐 했어? 응? 뭐 했는데 한 달도 안 된 사이에 이렇게 예뻐졌대?
시정	예뻐지긴요, 별말씀을 다… (번뜩 떠오르는 시술실)

F.C 시술받는 장면

시정	저 그럼 다음에 또 봬요. (황급히 자리를 떠난다)

동네 여자 1, 2	시정을 힐끔 보면서 자기들끼리 수군대며 떠나간다.

시정	(얼굴을 만져 보며) 예뻐졌다고? (두리번거리며) 화장실이?

#43. 마트 화장실

시정, 화장실 거울에 자신의 얼굴을 여기저기 비춰 보고 있다.

시정	(몸을 틀어 엉덩이를 바라본다) 워메!!!

옆에서 손 닦고 있던 여자, 깜짝 놀란다.

시정   죄송합니다.

여자, 기분 나쁜 듯 시정을 째려보면서 나간다.

시정(F)   뭔 일이다냐. 이 탱글탱글해진 얼굴 좀 보소. 이제부터
                 효과가 나타나기 시작하는 건가? 완전 힙업됐당께.

이때, 화장실에 사람들이 들어온다. 시정은 기쁨을 감추지 못하고 주위를
살피며 작은 소리로 "예스!"를 외친다. 시정, 자신감 백배해진다. 카트를
끄는 시정의 발걸음이 아까와는 달리 매우 당당하다.

#44. 시정의 집 / 현관 앞

집에 도착한 시정은 장바구니를 들고 차에서 내린다. 이때, 앞집에서 영기
엄마가 나오다 시정과 마주친다. 영기 엄마는 황급히 다시 현관문을 열고
집으로 들어가려 한다.

시정   (반갑게) 영기 엄마!
영기 엄마   (흠칫 놀란다)
시정   영기 엄마!
영기 엄마   (황급히 현관문을 다시 열고 집으로 들어가 버린다)
시정   (이상하다는 듯) 왜 저래? 무슨 일 있나?

시정은 고개를 갸우뚱거리며 자기 집으로 들어간다. 대문 뒤에 몸을 숨긴 영기 엄마, 불안한 기색이 역력하다.

#45. 추억의 성형외과 진료실

유미의 오른쪽 귀 뒤에서 짓물이 나오고 있다. 의사는 이를 처치해 준다.

닥터 유 피부에 괴사가 시작되었어요.

유미 주사를 놔주세요.

닥터 유 본인의 기억에서 주사액을 추출한다는 거 아시잖아요. 이 이상 기억을 지운다면 생명이 위태로워질 수가 있어요. 잘 아시는 분이.

유미 그럼 나더러 괴물이 되어 가는 걸 지켜보라는 말이에요?

닥터 유 진정하세요. 우선, 이시정 씨 기억에서 추출한 주사액을 대표님에게 주입해도 부작용이 생기지 않도록 알러지 테스트 중이니 며칠만 기다리세요. 그런데, 이시정 씨는 언제쯤 다시 올까요?

유미 삼 년의 기억을 한꺼번에 지워 버렸으니 지금쯤 급속도록 젊고 예뻐지고 있겠지요. 그 기쁨을 맛보고 이제와 시술을 멈출 수 있겠어요? 곧 다시 올 거예요. 곧.

닥터 유 그럼 여유를 가지고 기다려 보세요. 이시정 씨의 기억은 아직 한참 남았으니까요.

유미, 탁자 위 거울에 처치한 귀 뒤를 비춰 본다. 싸늘한 미소가 얼굴에 번진다. 진료실 밖, 복도에서 늙은 간호사가 청소하며 지나가고 있다.

#46. 시정의 집 주방

지글지글 불고기 전골이 끓고 있다. 고기 한 점을 집어 맛을 보는 시정. '맛있네' 표정. 갑자기 뭔가 생각난 듯, 방에서 샤워 후 드라이기로 머리를 말리고 있는 남편을 향해 큰 소리로 말한다.

시정　　　여보, 미국에 전화해 봤소? 준호 가디언이랑 통화해 봤냐고?

남편　　　(드라이기 소리에 잘 들리지 않는다) 뭐라고?

시정　　　(방문을 열고 남편에게) 미국에 전화했냐고, 준호 가디언이랑. 아니다. 냅두시요. 내가 내일 유학원 최 원장님한테 전화해 달라고 해야 쓰것네. (주방으로 다시 간다) 빨리 나와. 밥 다 됐응께.

드라이기로 머리를 말리던 남편, 뭔가 움찔해서는 드라이기를 끄고 방에서 나온다.

시정　　　(전골 뚜껑을 열며) 맛있겠지?

남편　　　(이상하다는 듯) 당신, 방금 뭐라고 그랬어?

시정	아니, 아무 말도 안 했는데?
남편	그래? (전골을 보더니 곧 표정 밝아지며) 와, 웬일이야. 손 많이 간다고 불고기 전골 잘 안하더니만.
시정	나 뭐 달라진 거 없어?
남편	달라진 거?

자세히 보니, 시정의 얼굴에서 광채가 난다.

시정	응? 달라진 거 없냐고?
남편	당신, 얼굴에 뭐 했어?
시정	얼굴만? (일어나 허리에 손을 얹고 한 바퀴 돈다)
남편	아니, 몸매도 날씬해졌네. 어떻게 된 거야? 하루아침에?
시정	실은 우연히 점순이를 만났는데…

닥터 유(E)	오실 때마다 일 년간의 기억을 우리에게 주시면 되는 겁니다.

남편	점순이? 우리 고향에 뚱땡이 빽덕어멈 이점순?
시정	으, 응. 어쩌다 우연히 점순이를 만났는데, 화장품… 판매하더라구. 그래서, 몇 개 샀는데… 효과가 좋네. (대충 얼버무린다) (전골 보며) 식겠네잉. 얼른 먹어. 얼른.

남편을 보면서 가슴을 쓸어내리며,

시정(F)   말했다가는 난리 나것지. 입조심 해야겠다.

#47. 시정의 집 거실 (낮)

시정, 거실 테이블을 닦고 있다. 시어머니의 당부가 떠오른다.

시어머니(E)   에미야, 이번 추석엔 준호 꼭 보고 싶구나. 내가 몸이 예
                     전 같지 않아서 얼마나 더 살지…공부도 좋지만 이번엔
                     준호 꼭 나오라고 해라.

시정은 핸드폰을 꺼낸다. 핸드폰 연락처에 시어머니라고 친다. 시어머니
에게 전화를 건다.

E. 자동응답서비스의 안내말.
(지금 거신 전화는 없는 국번이오니 다시 확인하시고 걸어 주시기 바랍니다)

시정은 이상하다는 듯, 다시 건다.

E. 자동응답서비스의 안내말.
(지금 거신 전화는 없는 국번이오니 다시 확인하시고 걸어 주시기 바랍니다)

| 시정 | 전화번호를 바꾸셨나? |

남편에게 전화를 건다.

시정	여보, 어머니 전화번호 바꾸셨는가?
남편(F)	준호 엄마, 왜 그러냐……
시정	뭘?
남편(F)	어머니 돌아가셨잖아!
시정	뭐? 어머니가 돌아가셨다고? 언제? 언제?
남편(F)	삼 년 전에 돌아가셨잖아!

시정은 깜짝 놀라 그 자리에 주저앉는다. 닥터 유의 말이 떠오른다.

| 닥터 유(E) | 오실 때마다 일 년간의 기억을 우리에게 주시면 되는 겁니다. |

| 시정(F) | 분명, 일 년간의 기억이라고 했어. 일 년… 그런데, 삼 년 전에 돌아가셨다는데 난 기억이 나질 않아. 그럼, 그것들이 나한테 거짓말을 했다는 거여 시방? 이것들을 그냥! |

#48. 추억의 성형외과

시정은 화가 무척 난 듯, 병원 정문을 힘껏 밀치고 안으로 들어선다. 병원 내부에는 사람이 한 명도 없다. 늙은 간호사만이 구닥다리 정수기에 커다란 물통을 들어 거꾸로 꽂으려 하고 있다.

시정	오늘 쉬는 날이에요? 여기 상담하던 언니들은 다 어디 갔대요?
늙은 간호사	(낑낑거리며 물통을 들면서) 이것 좀 같이 들어요.
시정	네. (정수기에 물통 꽂는 것을 돕는다)
늙은 간호사	휴우. (무뚝뚝하게) 저기 앉아서 기다려요.
시정	네. (늙은 간호사의 아우라에 주눅 들어서 소파 한구석에 앉는다)
늙은 간호사	(아무 말 없이 계속 정수기를 닦고 있다)

늙은 간호사를 바라보고 있는 시정 곁에, 홀연히 상담실장이 나타나 서 있다.

시정	(깜짝 놀라며) 옴마야! 깜짝 놀랐네.
상담실장	이쪽으로 오세요.

시정은 상담실장을 따라 진료실로 들어간다. 닥터 유, 시정을 반갑게 맞이한다.

닥터 유	와우, 며칠 새 몰라보게 젊고 아름다워지셨네요.
시정	(굉장한 용기를 내서 일부러 무식한 말투로. 하지만 익숙지 않은) 아름다워지신 거 좋아하네. 이제 어쩔 거야……요?
닥터 유	뭐가 문제지요? (다정하게) 시정 님?
시정	(매력적인 닥터 유의 모습에 흔들릴 뻔하다 마음을 다잡는 듯 고개를 흔들고) 일 년이라고 하지 않았어요? 일 년?
닥터 유	(침착하게 미소 지으며) 그런데요?
시정	그런데, 삼 년 전 기억을 못 해요. 전혀. 전혀 기억이 없다구요.

닥터 유, 모니터를 돌려 시정에게 보여 준다. 시정이 시술받기 전 모습이 화면에 가득하다.

닥터 유	이시정 님의 시술 전 모습입니다. (단호하게) 팬더인지 사람인지 분간하기 힘든 진한 다크서클. 귤 껍데기 같은 피부에 번데기도 울고 갈 주름! 움푹 패인 팔자주름과 축 늘어진 얼굴은 불독을 연상시키기에 부족함이 없었죠.

모니터 화면에 있는 시정의 얼굴 옆으로 불독의 얼굴이 날아와 나란히 자리 잡는다.

시정	(모니터를 온몸으로 가리면서) 아니, 이 사람이 정말!

닥터 유 잠깐! 다음 화면을 보실까요?

모니터에는 늙은 간호사와 이야기 나누고 있는 젊은 여성이 보인다.

닥터 유 방금 전 이시정 님의 모습을 찍은 CCTV 화면입니다.

모니터에는 젊은 여자가 늙은 간호사를 도와 물통을 들어 정수기에 꽂고 있다. 탄탄한 허벅지와 쭉 뻗은 다리, 한껏 업된 엉덩이. 날렵한 옆모습 CU.

시정 저게 나라고?
닥터 유 그럼요! 새롭게 태어나고 있는 이시정 님의 모습이지요.

모니터 화면에는 매력적인 젊은 여성이 상담실장에게 안내를 받고 그녀를 따라 진료실 안으로 들어가고 있다. 시정은 모니터를 보면서 더는 항의할 수 없음을 느낀다.

상담실장 선생님, 이유미 대표님께서 친구분을 만나고 싶어 하십니다.
닥터 유 들으셨지요? 시정 님. 여기까지 오셨으니 이 대표님을 뵙고 가시지요.

#49. 유미의 사무실

대표이사 이유미라고 적힌 명패가 보이고 책상에 유미가 앉아 모니터로
시정이 들어오는 걸 지켜보고 있다. 젊은 남자의 안내에 따라 시정은 대표
이사실로 들어온다.

유미	시정이 왔구나. 이리 와서 앉아. (김 비서를 향해) 허브 티 두 잔 부탁해요.
김 비서	네. (가볍게 목례 후 나간다)
시정	그런데…
유미	응.
시정	누구세요?

(시간 경과)

시정	그럼, 내가 점순이, 아니 유미 네 소개로 시술을 받은 거 구나.
유미	그래, 아무도 강요한 사람은 없었어. (시술동의서 보여 주면서) 시술동의서에 적힌 사인 네 글씨 맞지? 결정은 시정이 네가 한 거야.
시정	그래도, 나한테는 한 번 시술하면 딱 일 년간의 기억만 없어진다고 그랬었거든. 분명히 그랬다고. 요상하게 그 건 기억이 나야. 그런데, 지난 삼 년간의 기억이 없어. 삼

년 동안 어떻게 살았었는지 기억이 나질 않아. 그래서 따지러 온 거 아니냐.

이유미   삼 년? 그 삼 년 동안 잊으면 안 되는 중요한 일이 있었니?

시정   그럼. 남편이 그러는데 그간 시어머니가 돌아가셨다는 거야. 이게 중요한 일이 아니고 뭐다냐? 우리 시어머니… 뭐 그리 편한 분은 아니셨지만… 난 하나밖에 없는 외며느리고… 또, 몸이 안 좋으셔서 오랫동안 병원에 계셨거든.

이유미   시정아.

시정   응?

이유미   난 말이지…… (결심한 듯) 아들을 잃었어.

시정   뭐? 아들을?

#50. 회상 / 추억의 성형외과 시술실

유미(E)   처음에는 삼 년간의 기억을 팔고 젊고 예뻐지기 시작했다고 해. 점점 욕심이 났겠지. 더 젊고 더 예뻐지고 싶었던 것 같아. 그런 나의 마음을 눈치 챈 닥터 유가 '아기피부 화장품' 회사를 런칭하는데 대표이사가 되어 보지 않겠느냐고 제안을 한 거지.

유미는 수술대 위에 누워 있다. 마스크를 착용한 두 명의 간호사와 한 명의 의사가 유미의 곁에 서 있다.

닥터 유　　다시 한번 상기시켜드리지만, 이십 대 초반의 젊음과 미
　　　　　　모를 갖으려면 상당한 양의 기억에너지가 필요합니다.
　　　　　　그 말은 곧 그만큼의 기억을 잃게 된다는 의미인 건 잘
　　　　　　아시지요. 하지만, 이제부터 미모의 대표이사로서 새로
　　　　　　운 기억을 만들어 가게 될 겁니다. 자, 준비되셨나요?

유미　　　(고개를 끄떡인다. 그리고 지그시 눈을 감는다)

의사　　　시작하겠습니다. (유미 몸에 연결된 관으로 주사액을 투
　　　　　　입한다)

#51. 회상 / 시골 고향집

유미(E)　　너도 알겠지만, 내 인생은 늘 구질구질 했었잖아. 어릴
　　　　　　때부터 못생겼다고 놀림이나 받고.

(#14와 동일)

아이들 대여섯 명이 점순을 가운데 두고 원을 돌며 놀린다. 점순은 울고
있다.
남자 아이들은 진흙을 뭉쳐 코 옆에 점순의 것과 닮은 큰 점을 붙이고 있다.

아이들　　뚱땡이 뺑덕어멈. 이점순은 뚱땡이 뺑덕어멈. 뺑덕어멈.

빵덕어멈. 빵덕어멈.

점순   하지 말랑께. 하지 말란 말이여. 하지 마. 하지 말란 말
이여. (자리에 쪼그리고 앉아 운다) 으아앙.

#52. 회상 / 여관방

유미(E)   그런데, 그 놀림과 설움이 어렸을 때로 끝나지 않더라.
하룻밤의 실수로 원하지 않은 결혼을 하게 된 남편은 생
활비도 잘 가져다주지 않았어.

깨어난 남자는 옆에 자고 있는 점순의 '왕점'을 보고 기겁을 한다.
점순의 결혼사진. 행복한 표정의 점순과 못마땅한 표정의 신랑의 모습.
결혼사진 액자, 쨍그랑 깨진다.

#53. 회상 / 지하철 입구

유미(E)   그래서 난, 돌도 안 된 아이를 엎고 행상을 해야만 했어.

점순은 아기를 업은 채 지하철 입구에서 김밥을 만들어 파는 행상을 한다.

#54. 회상 / 지하철 입구

유미(E)   그렇게 이십 년을 혼자서 아들을 키우면서 살아왔어. 그
렇게 힘들게 살 때, '추억의 성형외과' 닥터 유를 만났다고
하더라고. 물론, 내 기억에는 없는 이야기지만 말이야.

지하철 입구에서 행상을 하며 앉아 있는 중년의 점순. 점순 앞에 멈춰있는
남자의 반질거리는 고급 구두. 카메라, 점순의 시선을 따라 고급 구두에서
얼굴 쪽으로 올려다본다.

#55. 회상 / 병원 시술실

유미(E)   닥터 유는 내게 젊음과 미모를 주었지. 그리고, 사회적
지위도.

닥터 유가 유미에게 손거울을 건네주자, 유미는 젊고 예뻐진 자신의 얼굴
을 거울에 비춰 보고 있다. 표정이 없는 유미의 얼굴.

#56. 회상 / 유미의 사무실

유미(E)   그러던 어느 날, 대학생 하나가 나를 찾아온 거야. 자신

이 내 아들이라면서.

아들 영식   엄마, 나 영식이야. 강영식. 엄마 아들 영식이를 모르겠어? 엄마, 나 영식이라고. 엄마랑 똑같이 코 왼쪽에 왕점 있잖아. 이 점! 이 점 안 보여?

유미   전 댁이 누군지 몰라요. 김 비서, 이 사람 끌어내!

아들 영식   (건장한 남자 둘에게 끌려 나가며) 엄마! 엄마가 어떻게 얼굴을 바꾸었는지 몰라도 날 낳고 이십 년 동안이나 키워 준 엄마를 내가 몰라 볼까 봐! 엄마! 엄마!

#57. 회상 / 유미의 사무실

유미(E)   그 이후에도 그 젊은 남자는 한동안 나를 찾아왔지만, 내 아들이라는 그 남자를 나는 기억할 수 없었어. 그런데, 사람을 시켜 알아보니, 그 남자는 내 아들 영식이가 맞더구나.

한 남자에게 사진 한 장을 건네받는 유미. 사진 속에는 코 옆에 나란히 왕점이 있는 점순과 아들 영식이 다정하게 얼굴을 맞대고 있다.

#58. 회상 / 회사 사무실 유리창 앞

유미(E)　　하루아침에 엄마를 잃은 그 젊은이를 처음엔 돌봐줄까 생각도 했었지만, 난 그냥 잊어버리기로 했지. 아니, 잊어버릴 수밖에 없었어. 모성애? 그런 것이 내게 있을 리 없잖아? 왜냐면, 나에겐 아들을 낳은 기억조차 남아 있지 않았으니까.

회사로 유미를 찾아오는 영식을 직원들이 끌어내는 장면. 회사건물 앞에 쪼그리고 앉아 실의에 빠진 영식. 그런 영식을 창밖으로 바라보는 유미. 곧 차갑게 외면하며 쳐지는 블라인드.

#59. 시정의 침실 (밤)

시정은 가족 앨범을 꺼내서 미소 지으며 보고 있다. 이때, 남편이 방으로 들어온다.

시정　　여보, 어머니 봐봐. 이때는 정말 호랑이 같으셨는데. 이때 난 시어머니 그림자만 봐도 등줄기에서 식은땀이 났었다니까.

남편　　그래도, 당신을 참 많이 예뻐하셨어.

시정　　워메메, 행여나.

남편	(시정의 옆에 앉으며 조심스럽게) 준호 엄마, 어머니 언제 돌아가셨는지 정말 기억 안 나?
시정	(당황하며 시선을 다시 앨범으로 가져가면서) 기, 기억이 왜 안 나. 기억나지.
남편	그럼 언제 돌아가셨는데?
시정	삼 년, 삼 년 전이잖아. (준호 다섯 살 때 사진을 가리키며) 준호 녀석, 이때 정말 징그럽게 말 안 들었는데. 그래도, 지금 보니까 귀엽다.
남편	그래. (애써 미소짓다가 걱정스러운 듯 시정을 바라본다)

#60. 백화점 여성의류 매장

유미는 시정과 함께 옷을 고르고 있다. 시정은 유미의 뒤를 졸졸 따라다닌다.

백화점 직원	이모님이신가 봐요. 아님, 언니?
시정	(손가락으로 자신을 가리키며) 저요?
유미	(피식 웃는다) 언니 맞아요. (옷 하나를 옷걸이 채 걸쳐 보이며) 이 옷 어때? 언니!
시정	별루.
백화점 직원	이십 대 초반이 입기에는 좀 나이 들어 보이긴 하죠. (다른 옷을 꺼내 보이며) 젊은 여성들을 위해 나온 신상품이에요. (유미에게 옷을 대보면서) 너무 잘 어울리신다.

유미는 백화점 직원의 칭찬에 장단 맞춰 춤추듯 옷을 몸에 대보고 있고, 시정은 이러한 유미를 부러운 듯 바라본다.

#61. 레스토랑

웨이터가 두 사람을 룸으로 안내한다. 두 사람이 착석하는 것을 돕는 웨이터. 의자에 앉자, 두 명의 직원들이 양옆으로 커튼을 젖힌다. 한눈에 들어오는 서울의 야경이 시정의 눈앞에 펼쳐지자, 시정은 자신도 모르게 '위메' 탄성을 지른다. 곧, 직원들의 눈치를 보며 어색한 미소를 짓는다.

유미	지난 월요일에 먹었던 코스로 부탁해요.
웨이터	네, 곧 준비해 드리겠습니다.
유미	잠깐, 좀 덜 짜게요. (작은 목소리로) 살찌면 안 되니까.
웨이터	(미소 지으며) 네, 알겠습니다.

웨이터와 직원들이 나간다.

시정	자주 오나 보다.
유미	뭐. 아무래도 미팅이 많으니까.
시정	그렇구나. 이런 곳에서 미팅도 하고… 얼마나 멋진 인생이냐 너는.
유미	인생 뭐 있어? 너도 나처럼 살면 되지.

시정	내가 너처럼? (손사래를 치며) 내가 무슨 능력으로. 이만
	큼 예뻐진 것도 다 네 덕분인데.
유미	예뻐지기만 하면 뭘 해? 그 미모로 돈을 벌어야지.
시정	돈? 그럼야 좋지. 예뻐지고 돈도 벌고. (우스꽝스러운 몸
	짓으로) 꿩도 먹고 알도 먹고. 님도 보고 뽕도 따고.

이때, 웨이터들 음식을 들고 들어온다. 시정은 우스꽝스러운 몸짓을 하던 손을 급히 우아하게 바꾼다. 웨이터들, 음식을 내려놓고 가볍게 목례하고 나간다.

유미	(웃으며) 너도 참.
시정	(눈을 찡긋하며 포크를 들고) 그럼 먹어 볼까?
유미	참 유쾌하게 나이 들었어.
시정	나? 남편 덕분이지 뭐. 아들도 재밌고. 담임선생님이 코
	미디언 되라고 했다나. 담임선생님이 미국인이거든.
유미	그러니까 뭐야? 네 아들이 미국 사람을 웃긴다는 거야?
시정	그렇지. 원래 똑똑한 사람들이 남들을 웃길 수 있는 거
	거든.
	(갑자기 호들갑스럽게) 어메메! 내 정신 좀 봐. 준호! 지
	난주부터 우리 아들이랑 통화한다는 것이 내 정신 좀 봐
	라. 내가 요즘 너 만나고 정신이 하나도 없다잉.
유미	고맙다고 할 때는 언제고. 이제와 내 탓하는 거야?
시정	가시나. 농담이야. 농담.

유미	지금 전화해 봐.
시정	안 돼야. 준호 학교 기숙사 규율이 엄격해서 전화 맘대로 못 혀. 그리고, 지금 전화하기엔 시차도 있고.
유미	그럼, 내일 하던가.
시정	(두 손으로 머리를 가볍게 두드리며) 머릿속 지우개아, 그만 좀 지워라. 그만. (포크로 고기를 한 점 찍어 입에 넣으며) 아따, 비싼 건 다르다잉. 너도 어여 먹어 봐.
유미	그래. (고기 한 점 찍어 입으로 가져간다)

두 사람 서로를 쳐다보며 밝게 웃는다.

#62. 시정의 집 현관 앞

유미의 차에서 내린 시정. 시정의 손에 여러 개의 백화점 쇼핑백이 들려 있다.

유미	내일 사무실로 나오는 거 잊지 마. 올 때는 그 옷 입고 오고. 간다.

시정은 떠나는 유미의 차에 대고 손을 흔든다.

시정	(쇼핑백을 바라보며) 내 모습이 그렇게 초라했나? 하긴, 대표이사 친구치곤 좀 수수하긴 하지.

현관문을 열려고 하다가 집으로 걸어오는 앞집 영기 엄마를 만난다.

시정　　　　　영기 엄마!

영기 엄마　　(깜짝 놀라 어쩔 줄 몰라 한다)

시정　　　　　나야 나, 준호 엄마. (다가가 영기 엄마의 손을 덥석 잡는
　　　　　　　　다) 아니, 왜 그래. 인사도 않고. 지난번에도 그냥 지나
　　　　　　　　치더구만.

영기 엄마　　(잡힌 손목을 애써 뿌리치려고 하면서) 이, 이거 놔요.

시정　　　　　영기 엄마, 왜 그랴. (생각난 듯) 아하! 아이고. 내 정신
　　　　　　　　좀 봐. 나, 좀 달라졌어. (영기 엄마를 살짝 치며) 에이,
　　　　　　　　그렇다고 십 년 지기인 나를 몰라봐?

영기 엄마　　이사 가라고 이러는 거예요? (울먹이며) 나도 이사 가고
　　　　　　　　싶어요! 나도 이 동네 떠나고 싶다구요! (땅바닥에 쪼그
　　　　　　　　리고 앉아버린다) 나도 이 동네 지긋지긋해요. 엉엉엉…

시정　　　　　영기 엄마…. (함께 쪼그리고 앉아 당황스럽다) 왜 이
　　　　　　　　래… 내가 뭐 어쨌다구…

이때, 골목어귀에 들어선 시정의 남편이 이 광경을 보고 황급히 뛰어온다.

남편　　　　　여보, 무슨 일이야? (영기 엄마를 보더니 무시하고 시정
　　　　　　　　을 일으켜 세우며) 일어나. 들어가자.

시정　　　　　난 그냥 인사나 하자고 한 건데… 영기 엄마가 갑자
　　　　　　　　기……

남편	들어가자고. 어서.
시정	아니, 난.
남편	들어가자니까.

땅바닥에 풀썩 주저앉아 고개를 떨구고 있는 영기 엄마를 뒤로한 채 남편에게 이끌려 집으로 들어가는 시정.

#63. 병원 MRI 촬영실 / 다음 날

시정은 MRI 촬영 중이다. 남편과 주치의는 창 너머로 시정을 바라보고 있다.

의사	삼 년 전 일을 기억하지 못하는 게 언제부터인가요?
남편	지난주부터 그런 거 같아요.
의사	요 근래 무슨 충격이 될 만한 일이 있었나요?
남편	특별히 그런 일은 없었는데…

E. 핸드폰 벨소리.

남편	저, 잠시만요. (전화받는다) 여보세요? 유학원 최 원장님? 네, 안녕하세요. 네에? 집사람이 전화를요? (옆에 있는 의사에게 가볍게 목례로 양해를 구하고 밖으로 나가 전화통화를 계속한다)

통화가 끝난 남편 다시 들어온다. 시정은 MRI 촬영이 끝나고 창 밖에 서 있는 남편에게 손을 흔든다. 남편도 손을 흔든다. 이 내, 남편의 표정이 어두워진다.

#64. 병원 로비

시정   아무렇지 않다는데 웬 MRI 촬영이래. 괜한 돈 쓰고.

남편   아무렇지 않아도 정기 검진했다 생각해. 또, 그럴 나이도 됐잖아.

시정   어떨 나이?

남편   치매 올 나이!

시정   (살짝 눈 흘기면서) 이 양반이!

남편   농담이야. 농담.

시정   그 대신 예뻐졌잖아. (F) 삼 년 기억 지우고.

남편   그 대신 예뻐졌다고?

시정   (아차 싶다) 아, 아니. 건강해지지 않았느냐고. (두 팔을 들어 보이며 건강하게) 몸은 건강하다고 하지?

남편   그래, 천하장사라고 하더라.

시정   준호 아빠, 나 유미랑 약속 있어.

남편   유미?

시정   아하, 점순이. (작은 소리로) 지가 이유미랴.

남편   오늘 제사인 거 알고 있지? 선희 올 거야.

시정	응? 으, 응! 알지. 제사. 아가씨 온다고? 알았어. 이따 저
	녁 때 봐. (기억나지 않는 듯, 고개를 갸웃거린다)

남편은 불안한 듯 시정의 뒷모습을 바라보고 섰다.

#65. 유미의 사무실

유미는 책상에 놓인 거울에 피부가 괴사되어 가는 것을 비춰 보고 있다.
이때, 시정이 노크도 않고 빼꼼히 얼굴만 내밀고 문을 열고 서 있다.

시정	유미야, 나 왔다.
유미	(황급히 올린 머리를 내려 상처를 가린다) 노크도 않
	고… 깜짝 놀랐잖아. 나쁜 기지배.
시정	어메메, 고로고 봉께, 딱 어릴 적 빵덕어멈 같구만!

두 사람은 피식 웃는다.

유미	오늘은 회사 구경시켜 주려고 오라고 했어. 김 비서가
	안내해 줄 거야. (인터폰으로) 김 비서, 준비한 것 보여
	드려요. 그럼, 다녀와.
시정	그랴. (나가려다 다시 뒤돌아) 이 옷, 잘 어울리냐?
유미	그래, 이뻐 죽겠다!

시정   (장난기 가득하게 눈 찡끗하고 나간다)

시정이 나가자, 유미는 아픈 듯 찡그리며 상처 난 부위를 만진다. 곧 인터폰을 누르며,

유미   닥터 유 잠깐 오시라고 해.

머리칼을 들어 올려 피부에 난 상처를 바라본다. 유미의 표정이 괴롭다.

#66. 아기피부 화장품 회사 내부

화장품 회사 내의 연구실을 소개하는 김 비서와 이를 신기한 듯 둘러보는 시정. 이후 넓은 사무실에 들어선다. 수십 명의 직원이 일하고 있는 사무실. 모두 너무도 빼어난 미모를 가진 젊은 여성들이다.

시정   (속삭이듯) 여긴 모델급 미모가 아니면 입사하기 힘든가
                봐요.
김 비서   이 대표님의 방침이십니다.
시정   그럼 유미가 얼굴보고 직원을 뽑는다는 말씀이에요?
김 비서   그런 뜻이 아니라, 직원들은 모두 '추억의 성형외과' 시술
                을 받아야 한다는 뜻입니다.
시정   그럼, 이분들의 나이가…

김 비서	평균연령 오십 세 이상이십니다.
시정	(입을 떡 벌리고) 아…! 다들 오십 세 이상…
김 비서	이쪽으로 오시지요.

김 비서를 따라 사무실 밖으로 나가는 시정. 시정과 김 비서가 나가자, 수십 명의 직원들 일제히 고개를 돌려 시정과 김 비서가 나간 방향을 바라본다. 마치, 먹잇감을 쳐다보는 뱀파이어들처럼.

#67. 이유미의 사무실

유미와 닥터 유, 이야기 나누고 있다.

유미	(귀 뒤 상처를 보이면서) 알러지 반응을 보이고 있어요. 시정이의 기억에너지가 제게 알러지 반응을 보인다구요!
닥터 유	연구 중 입니다만, 아무튼, 현재로서는 좀 더 시간이 필요해요.
유미	이제 곧 새 상품이 런칭되는 거 모르세요! 제 얼굴이 이래서 방송이나 나갈 수 있겠냐구요!
닥터	우선 다른 사람이라도 내보내야지요.
유미	(자리에서 일어나며) 결국 날 이대로 버리시겠다? 내가 이대로 물러날 것 같아?
닥터 유	(자리에서 일어나며) 그럼 어디 마음대로 해 보시던가!

이때, 유쾌한 모습으로 미소를 머금은 시정과 김 비서가 유미의 사무실 안으로 들어온다. 닥터 유, 들어오는 두 사람을 보더니 거칠게 문을 열고 밖으로 나간다. 김 비서 따라 나간다.

시정   무슨 일이야?

유미   (애써 태연한 듯) 뭐, 자주 있는 일이야. 여기 앉아 봐.

시정   괜찮은 거지?

유미   실은… 시정이 네 도움이 필요해.

시정   내 도움?

유미   응. 이 회사에 내 사람이 필요해. 여긴 온통 닥터 유 사람 뿐이야.

시정   내가 뭘 어떻게 도우면 되는데?

유미   우리 회사에 들어와 줘. 우리 회사에 들어와서 내 오른팔이 되어 줘.

시정   내가 무슨 능력이 있어서.

유미(F)   능력은 없어도 내 어린 시절을 공유하는 기억이 있잖아.

유미   능력은 내가 만들어 줄게.

김 비서(E) 직원들은 모두 '추억의 성형외과' 시술을 받아야 합니다.

시정   그런데…

유미   응, 말해 봐.

시정   여기 직원들 모두 시술받아야 한다며?

유미   아무래도 남에게 보여지는 일이니까. 왜? 싫어?

시정   싫다기보다는… 너처럼 젊고 예뻐지려면…

유미	기억을 많이 지워야 하니까? 그래서, 꺼려지는구나?
시정	고작 3년 기억을 지웠는데도 이렇게 혼란스러운데… 예를 들어 20년을 확 지운다고 해 봐. 그럼, 난 결혼 전으로 돌아가잖아. 그렇게 되면…
유미	남편에 대한 기억도, 자식에 대한 기억도 없어진다. 그 거야? (잠시 시정을 응시하더니) 너, 나처럼 살고 싶다며?
시정	그건, 그래. 하지만, 난, 남편도 없고 준호도 없는 나를 상상해 본 적이 없거든…
유미	강요하는 건 아니야. 좀 더 시간을 가지고 생각해 봐.
시정	아무튼 고맙다. 나 같은 아줌마에게 이런 제안을 다 해 주고. 오늘은 이만 갈게. 시어머님 제사거든…
유미	그래, 가 봐.
시정	(유미의 눈치를 보며 조심스럽게) 그럼, 담에 또 보자.
유미	(애써 미소 지으면서) 응.

시정이 나가자 유미는 심기가 불편한 듯, 엄지손톱을 입에 넣고 잘근잘근 씹는다.

#68. 시정의 집 (저녁)

시정의 시누이이자, 친구 선희가 집 현관에 들어선다.

시정	아가씨, 어서 와.
선희	언니, 잘 있었는가. (시정을 유심히 바라보며) 어떻게 된 거여? 얼굴이며, 몸매며 달라져도 너~무 달라진 거 아니야?
시정	좀 그래 보이지?
선희	그러게. 도대체 뭘 어떻게 한 거야? 아니, 얼마를 들인 거야?
시정	(선희의 팔짱을 끼며) 일단 들어와 앉기나 하셔.
선희	(흰 국화 한 다발을 내밀며) 이거.
시정	(흰 국화를 받아 들며) 응.

#69. 시정의 집 (밤)

어느새 시정의 남편도 와 있고 모두들 거실에 제사상을 차리느라 분주하다.

남편	이제 영정사진 가지고 나와.
선희	언니, 내가 가지고 올게.
시정	(가볍게 미소 짓는다)

선희가 영정사진을 들고 나온다. 영정사진을 제사상 맨 위쪽에 놓는다. 시정은 주방에서 물컵이 든 쟁반을 가지고 제사상 앞으로 오고 있다. 영정사진을 상에 놓은 선희의 모습이 슬로우모션으로 천천히 옆으로 비켜나자, 조금씩 시정의 시야에 들어오는 영정사진. 시정은 들고 있던 쟁반을

바닥에 떨어뜨린다. 쟁반위에 물컵과 물이 와르르 바닥으로 쏟아져 바닥에 어지럽게 흩어진다.

남편	여보 괜찮아?
선희	언니, 괜찮아요?
시정	(영정사진을 가리키며) 저것이 뭐시여 시방!
선희	뭐요? 뭘 보고 그래?
시정	준호 사진이 왜 저기에 있냐고!
남편	여보! 오늘 준호 제사잖아.
시정	그럼, 어머님 제사가 아니라…
선희	엄마 제사는 다음 달이고.
시정	그럴 리가. 그럴 리가 없어. 이건 꿈이야. 이건 꿈이야. (시정은 뒷걸음질 친다)
남편	여보 왜 그래!
선희	언니!
시정	(두 사람을 쳐다보더니 급히 밖으로 달려 나가는 시정)

#70. 도로 (밤)

밖은 한 치 앞을 볼 수 없는 비가 내리고 있다. 쏟아지는 비를 가르고 시정의 차가 달린다. 시정은 정신이 나가 있는 얼굴이다.

#71. 과거 / 병실

시어머니   에미야, 이번 추석엔 준호 꼭 보고 싶구나. 내가 몸이 예
전 같지 않아서 얼마나 더 살지… 공부도 좋지만 이번엔
준호 꼭 나오라고 해라.

#72. 과거 / 공항에서

준호   엄마! (준호 엄마에게 안긴다)
엄마   우리 아들! 오느라 고생 많았지.
준호   아니 괜찮아.
시정   할머니가 보고 싶어 하서. 어서 가자.
준호   응.

#73. 현재 / 시정의 차 안

짐승처럼 울부짖는 시정. 폭우를 가르며 달려가는 시정의 차.

#74. 과거 / 골목어귀

불량학생들이 모여서 담배를 피우고 있다. 준호, 지나쳐 가려고 한다.

영기	야, 김준호. 너 이리 와 봐.
준호	어, 영기야. (손 내밀며) 오랜만이다.
영기	어라. 이 새끼, 미국 물 먹었다고 인사도 미국식이냐?
	(준호의 손을 꺾는다)
준호	아, 아. 이거 놔!
영기	안 놓으면 어쩔 건데?
불량학생 1	헬프 미, 헬프 미 하겠지.
불량학생들	낄낄낄…
준호	야, 이영기! 어릴 적부터 친구한테 꼭 이렇게 해야겠냐?
영기	친구? (뺨을 툭툭 건드리며) 누가 네 친군데?
준호	너, 이 자식! (영기에게 달려든다)

영기와 준호 뒤엉켜 싸운다. 그러다, 불량학생 두 명이 준호의 팔을 잡고, 영기는 발로 준호의 가슴팍을 힘껏 걷어찬다. 준호는 그 자리에서 쓰러진다.

#75. 과거 / 병실

시어머니 머리맡에 준호의 영정사진이 놓여 있다. 의사가 하얀 이불보를

눈을 감은 시어머니의 머리 위로 덮어씌운다. 자식들, '어머니'를 외치며
울부짖는다.

#76. 현재 / 시정의 차 안

시정의 차가 '추억의 성형외과' 앞에 와 멈춰 있다. 시정은 운전대를 잡고
'추억의 성형외과' 간판을 올려다보고 있다.

#77. 추억의 성형외과 정문 앞

시정은 미친 듯이 셔터가 내려진 정문을 두드린다. 억수같이 쏟아지는 비
를 맞으며.

시정   돌려줘. 내 기억 돌려줘! 내 기억, 내 아들 돌려달라고!
           아아아아아!

한참을 울부짖으며 셔터를 잡아 뜯던 시정은 자리에 힘없이 주저앉는다.
이내 그 자리에 눈을 감고 눕는다. 비가 시정의 얼굴 위로 쏟아진다. 눈물,
콧물이 범벅된 얼굴 위로. 잠시 후, 누군가의 발이 보이고 그 사람은 시정
에게 우산을 받쳐 준다.

#78. 방

오래된 장 두 개만이 놓여진 정갈한 방. 이불이 깔려 있고 그 위에 시정이 누워 있다. 늙은 간호사가 시정의 머리맡에서 마른 헝겊으로 정성스럽게 장을 닦고 있다. 장은 참기름을 발라 놓은 듯 윤이 반질반질하다.

시정 (조용히 이불은 걷고 일어나 앉아서) 이 병원 어딜 가야 잃어버린 내 기억을 찾을 수 있당가요?

늙은 간호사 (뒤도 돌아보지 않고 계속 장을 닦고 있다)

시정 (울먹이며) 이 병원… 어디를 가야 우리 아들을 찾을 수 있당가요?

늙은 간호사 (뒤도 돌아보지 않고 계속 장을 닦으며) 이것들… 시어머니에게 물려받은 건데, 나이가 한 백 살쯤 됐을라나.

시정 (장을 바라 본다)

늙은 간호사 (장에 있는 긁힌 자국들을 만지며) 이 상처들 보여? 이것들이 100년의 기억을 담고 있는 거야. 그러니까 이 상처들이 사람으로 치면 주름인 셈이지.

시정 (장 하나하나에 새겨 있는 상처들을 바라 본다)

늙은 간호사 이 장들은 나와 같이 반 백 년을 살았네. 그간 세상사 답답한 일이 어디 한두 가지뿐이었을까. 그럴 때마다 닦고 또 닦으면서 밤을 지세우다 보니 또 하루가 살아지고, 그렇게 십 년, 이십 년, 오십 년을 살아왔지. 그래도 이 장들은 나 같은 주인 만나 만져지고 또 만져져서 반짝반짝

윤이라도 나지. (갑자기 닦던 손을 멈추더니) 사람들은 너무도 쉽게 자신의 주름을 지워 버리려고만 해.

시정   (눈에 눈물이 맺혀서) 몰랐응께. 기억이란 것이 이렇게 소중한 것인 줄 몰랐응께라.

늙은 간호사   (뒤돌지 않고 움직이지 않은 채로 시정의 말을 듣고 있다)

시정   (울먹이며) 준호가 죽고 없다는디, 내가 어찌 여적까정 살아 있었을까 싶은 게… 지금도 내 맘이 이런디… 그동안 내가 준호를 잊을라고 내가 어떻게 살아왔을 것이여…

Insert Cut 6. (1부 S#34. 동일)

죽으려고 약을 먹고 쓰러진 시정을 엎고 병원으로 달려가는 남편의 모습.

남편   (시정을 엎고 뛴다) 준호 엄마! 정신 차려. 준호 엄마!

(몽타주)

지인들이 병실로 찾아와 시정의 손을 붙잡고 함께 울고 위로해 주는 모습.

이웃들과 함께 봉사활동으로 고아원 아이들을 씻기고 있는 모습.

지인들과 남편이 시정에게 깜짝 생일파티를 열어 주는 모습.

서서히 얼굴에 웃음을 찾아가는 시정의 모습.

시정   그 힘들었을 시간의 기억이 뿌리째 사라지고, 내 마지막 기억 속에는 준호가 멀쩡히 살아 있는데, 그런데… 세상에 없다는 거여. 내가 어떻게 이걸 받아들여야 되것소. 어떻게. 으어어어어! (가슴팍을 쥐어뜯으며) 여기가, 여기가 꽉 막혀서, 숨이, 숨이 쉬어지지가 않아라.

늙은 간호사 결국 자기가 살기 위해서 기억을 되찾고 싶다는 거로군.

시정 뭐라고 하던 상관없웅께, 돌려주시요. 내 기억 돌려주시요!

늙은 간호사 기억을 다시 찾는다고 해서 죽은 아들이 살아 돌아오는 건 아니야.

시정 알제. 안당께요. 준호가 다시 살아 돌아오지 않는다는 거. 하지만 시방은… 준호를 잊기 위해 노력하며 살았던 그 시간들도 중요하단 말이여… 그렇지 않으면 내가 어찌 살것소. (늙은 간호사의 옷자락을 잡으며) 지발 내 기억… 돌려주시요. 지발.

늙은 간호사 (시정을 돌아보며) 기억을 되돌릴 수는 없지만, 살려고 한다면 방법이 아주 없는 건 아니지.

시정 (늙은 간호사를 바라본다. 그 눈빛이 간절하다)

밖은 그칠 줄 모르는 폭우와 함께 우레와 같은 천둥, 번개가 치고 있다.

E. 천둥소리.

#79. 닥터 유 진료실 (밤)

밖은 천둥, 번개가 친다.

늙은 간호사   (닥터 유에게 다가와 고개를 끄덕이며 오케이 사인을 보
               낸다)
닥터 유   (고개를 끄떡인다) 홈쇼핑 런칭에 차질 없도록 준비하겠
               습니다.

#80. 시정의 집 / 거실 (밤)

밖은 천둥, 번개가 친다. 카메라, 여자의 발을 비추고, 흠뻑 젖은 여자의
옷에서 물이 뚝뚝 떨어져 내리고 있다. 그 발은 천천히 제사상 앞으로 걸
어간다. 여자는 제사상 위의 영정사진을 안아든다. 그리고, 소리를 죽여
흐느낀다. 흐느낌이 점점 커지더니, 오열한다. 어느새 방에서 나온 남편
은 오열하는 시정의 어깨를 감싸 안고 함께 울고 있다.

#81. 수술실 (밤)

어느 밤, 얼굴이 보이지 않는 한 여자가 머리에 전선을 수없이 연결한 채
누워 있다. 늙은 여자의 손이 스위치를 누르자, 연결된 전선을 통해 기억

84

에너지가 여자의 몸에서 빠져나온다. 빠져나온 기억에너지는 다시 액체로 전환되어 기계의 끝에서 용기로 떨어져 내린다. 기계가 돌아가면서 놓인 화장품 용기에 한 방울씩 투여된다. 한쪽에 쌓여 있는 '아기피부 화장품'이라 적힌 박스들 CU.

카메라, 수술대에 있는 여자의 몸을 훑고 올라가면 창백한 얼굴의 이유미가 시체가 되어 누워 있다.

#82. 홈쇼핑 촬영장 / 다른 날 (낮)

스튜디오 벽면에 '아기피부 화장품 신상품 론칭' 플래카드를 보인다. 방송 준비로 스텝들 분주히 움직이고 있다.

#83. 방송 조정실

PD 1   자, 15분 후에 리허설 들어갑니다.

#84. 스튜디오

AD   15분 후에 리허설 들어갑니다.

쇼핑호스트 1, 2는 마이크와 대본을 체크한다.

쇼핑호스트 1   이 회사, 대표이사가 또 바뀌었던데.

쇼핑호스트 2   그래? 거긴 대표가 뭐 그렇게 금방 바뀌어?

쇼핑호스트 1   쉿! 저기 온다.

이십 대 중반의 미모의 여성이 스튜디오 안으로 들어서고 있다. 여성의 뒤태만 보인다. 카메라 감독, 카메라 앵글에 들어온 여성의 모습을 보더니, 미모에 놀라 카메라 밖으로 실물을 넋을 놓고 바라본다.

쇼핑호스트 1   (반갑게 맞으며) 반갑습니다. 저는 쇼핑호스트 김영란이
　　　　　　　　　　라고 합니다. 듣던 대로 대단한 미인이시네요.

#85. 방송 조정실

자막에 대표이사 이름이 빠진 걸 확인한다.

PD 1　　　　　　어? 대표이사 이름이 빠졌잖아.

#86. 스튜디오

PD 1(F)　　　　대표이사 이름 빠졌다. 확인해 봐.

AD　　　　　　네, 알겠습니다.

AD, 쇼핑호스트들과 이야기 나누고 있는 이십 대 여성에게 다가간다.

AD　　　　　　죄송한데요, 자막에 대표님 성함이 빠져 있다고 해서요.

　　　　　　　　실례지만 성함이…

카메라, 여성의 자태를 천천히 비춘다. 여성의 손이 천천히 자신의 귀에
꽂은 이어폰을 뺀다. 여성은 고개를 돌려 카메라를 쳐다본다.

시정　　　　　이시정이에요. 이 시 정.

시정은 자신만만한 표정으로 카메라를 응시하고 있다. 스튜디오 안 모니
터마다 이시정의 젊고 아름다운 얼굴이 가득하다. 모니터 속의 시정의 표
정(CU).

2013년作

〈한국문학예술 드라마 부문 신인상 당선〉

호상 好喪

호상 好喪

희곡 콘셉트

박판례 할머니가 식물인간이 되자, 무능한 아들 셋은 어찌할 바를 모르고 집안의 기둥인 판사 딸과 좌충우돌한다. 이때 박 할머니가 들어 놓은 보험에서 거액의 사망보험금이 지급된다는 소식을 들은 세 아들들은 마음이 심란해지는데.

희곡 작의

「호상 好喪」에 등장하는 인물들은 모두 이름 없이 큰아들, 둘째아들, 막내아들, 딸, 판사, 간병인 등등으로 명명되었다. 이들은 각각 이 사회의 아들과 딸인 사회구성원인 동시에 법을 표상하고 있다. 여기에 딱 한 사람, 자신의 이름으로 불리고 있는 이가 있는데, 그가 박판례 할머니이다. 그녀는 평생을 자신의 이름보다는 공동체의 일원으로서 돌봄과 헌신의 삶을 살아오신 우리들의 어머니이자, 묵묵히 대한민국을 떠받쳐 온 이 사회의 구성원 다수의 모습을 대변한다.

「호상 好喪」은 2020년 대한민국 사회에 물음을 던진다. 대한민국 일원으로 현재 우리가 누리고 있는 것들이 개인이 혼자 이룬 것이 아니라면, 우리 구성원의 노쇠함과 죽음을 언제까지 개인의 문제로 방치할 것인가를 말이다. 대다수의 국민들이 휴가를 해외에서 즐기게 된 풍요로운 우리 사회는 앞서간 세대들의 숭고한 희생과 헌신이 없었다면 이루지 못할 것들을 누리고 있음을 기억해야 한다.

오로지 자본주의 경제 논리로 운영되는 사회가 아닌 '자본주의의 인간화' 즉 인간의 존엄한 가치가 우선시되는 사회로 바뀌어야 구성원 모두 행복하게 살아갈 수 있다. 팬데믹을 겪으면서 이미 우리 사회가 깨닫고 있는 것이지만, 돌봄의 경제 철학 아래, 국가는 구성원의 안전과 건강, 그리고 복지를 위해 존재한다는 각성이 절실히 필요한 때임을 전하고 싶다.

전 5막 12장

때: 2020년 현재, 1980년대 후반 과거

곳: 서울, 1980년대 광주시

나오는 사람들

박판례 할머니(80세), 이모(78세)

큰아들(52세) & 보험사 직원(52세)

둘째아들(44세) & 버스 기사(44세)

막내아들(30세) & 담당 의사(35세)

판사 딸(41세)

간병인_중국 동포(44세)

이모(74세)

사촌(50세) & 밤무대 사장(50세) & 회상 속 의사(50세)

취객 1(40대)

취객 2(40대)

목소리

1막

컴컴한 무대 위로 구급차 소리가 요란하게 울린다. 119 응급구조대 상황실 구조요원과 다급한 남자의 수화기 너머 목소리만 들린다.

119상황실(F)   여기는 119상황실, 상황실입니다. 말씀하세요.

큰아들(F)   우리 엄니가 숨을 안 쉬는 것 같당께요. 주무시는 줄 알았는디.

119상황실(F)   어머니가 숨을 쉬지 않으신다구요. 언제부터 숨을 쉬지 않으셨죠?

큰아들(F)   언제부터요? 아따, 고것을 모르것단 말이요. 아침에 일어나 본께……

119상황실(F)   어머니와 따로 사시나요?

큰아들(F)   아녀라, 같은 집에는 살지라우.

119상황실(F)   그렇다면 어머니와 각방을 쓰시는군요.

큰아들(F)   머라고라? 고것이 시방 말이여, 똥이여? 그럼, 내가 나이가 몇인디 엄니랑 같은 방에서 잔다요!

119상황실(F)   나이가 몇 살이신지? 아! 그게 아니고, CPR은 해 보셨나요?

큰아들(F)   씨, 씨피……알이요? 그게 무슨 알이당가요?

119상황실(F)	아, 그건, 메추리알, 타조알 뭐 그런 알이 아니구요, (또박또박) 에이 비 씨, C.P.R입니다. 해 보셨나요?
큰아들(F)	아니, 그것이 무슨 알인지도 모르는디 내가 그걸 어찌 한다요!
119상황실(F)	골든타임 내에 C.P.R을 하셔야 환자의 뇌사를 막고 생존할 가능성이 커지는 건데요, 우선은 환자를 바로 눕히시구요……
	(소리 점점 작아진다)
큰아들(F)	이런 씨피, 알 같은 소리 듣다 우리 엄니 돌아가시것네! 오메오메 엄니! 숨 좀 쉬어 보시랑께요! 엄니, 엄니, 엄니!!!!!! (메아리처럼 울린다)

1장 병실 내부

컴컴한 무대 위로 구급차 소리 커졌다가 점점 작아진다. 무대 위의 조명 서서히 밝아지면, 머리가 하얀 박판례 할머니 침대 위에 누워 있는 모습이 보인다. 박 할머니의 입에는 산소마스크, 팔 여기저기에는 기계에 연결된 호스가 끼워져 있다. 막내아들이 병실로 뛰어 들어온다.

| 막내아들 | 엄마! 엄마! (박 할머니를 발견하고는 할머니의 손을 자기 얼굴에 부비면서) 엄마! 엄마, 어떻게 된 거야. 엄마, 나 왔어! 눈 좀 떠 봐. 엄마가 제일 예뻐하는 막둥이 왔어. |

이때, 큰아들이 가습기를 들고 유유히 병실로 들어온다. 침착한 모습이다.

큰아들	막둥이 왔냐.
막내아들	(눈물을 닦으며) 형! 엄마 어떻게 된 거야?
큰아들	노인들은 밤새 안녕이라더만, 내둥 어제 저녁에야 암사토롱 않게 식사 잘하시고 주무신다고 일찍 들어가셨거든. 노인이라 꼭두새벽부터 안 일어나시냐. 근디 어제 아침에는 아그들 학교 간다고 아침 먹는데도 아무 기척이 없어야. 그래서 내가 문을 똑똑 그 뭐냐. 잉?
막내아들	(울먹이는 소리로 눈물 훔치면서) 노크.
큰아들	그려. 문에 노크를 함서 '엄니, 오늘은 폐휴지 주우러 안 가시오? 폴세 해가 중천에 떴소.
막내아들	폐휴지? 엄마가 폐휴지를 주우러 다니셨다구? 그게 무슨 소리야? 왜 엄마가 폐휴지를 주우러 다녀?
큰아들	(당황스럽다) 그, 그게 말이여…

큰아들, 뭔가 말을 꺼내려 하는데, 말끔한 정장 차림의 둘째아들 문을 박차듯 열고 들어온다. 머리는 왁스를 발라 바짝 붙인 모습이 흡사 카바레의 제비와 같다. 몸짓이 과장스럽다.

둘째아들	(박력 있게) 어머니이! (할머니를 발견하고는 할머니의 병상 앞에서 소리 친다) 어머니이~!
큰아들	으메, 염병할 놈. 어찌 알고 왔다냐. 귀신같은 놈.

막내아들	내가 연락했어. 작은형도 귀신이잖…… 아니, 자식이잖아.
둘째아들	(불량스럽게) 뭐야? 나 같은 놈은 엄마한테 자식도 아니라는 거야 뭐야?
큰아들	(막내아들 가운데 놓고 둘째아들을 쥐어뜯으려 하면서) 이 오살할 놈. 뚫린 입이라고 말은 잘헌다. 다 너 땜시 엄니 이렇게 된 거 아니여!
둘째아들	하! 이게 시방 뭔 소리여. (팔을 둥글게 말며) 잘 봐봐. 이게 절구여. 여기에 손잡이가 없는 걸 뭐라 하는 줄 아소? 어~이! 아따, 어이가 없구만.
큰아들	뭣이여! (둘째아들에게 달려들며) 이놈의 자슥을 오늘 내가.
둘째아들	그래! 오늘 너 콱 죽여 불고 나는 학교 한 번 더 다녀 불제. 아주 이참에 박사학위를 받아 버릴랑께.
큰아들	뭣이 어쩌고 어째?

큰아들과 둘째아들이 서로 머리와 멱살을 쥐고 바닥에 뒤엉킨다. 막내아들도 이들을 말리느라 바닥에 뒤엉켜 마치 셋이서 레슬링을 하고 있는 것처럼 보인다. 이때, 만삭의 여자, 병실 문을 열고 들어선다. 바닥에 뒤엉켜 있는 세 명의 남자를 보더니, 탁자 위에 놓여 있는 가습기 뚜껑을 열고 담겨있는 물을 아들들에게 확 뿌린다. 물벼락을 맞은 아들들 일제히 정지 상태가 된다.

| 딸 | (우렁차게) 동작 그만! |

아들들 누구인지 확인하고는 슬금슬금 옷에 물을 털면서 일어선다. 큰아들은 무대 한 켠으로 걸어가 서고, 둘째아들은 손으로 연신 물을 떨어내며 구겨진 스타일을 바로 잡고 있다. 딸은 이런 상황이 익숙한 듯 감정에 미동도 없다. 막내아들은 이쪽, 저쪽 눈치 보다가 이내 울음을 터뜨린다.

막내아들 (울면서) 으아앙. 엄마!

딸   (단호하게 외친다) 뚝!

막내아들 (울음 그치면서) 뚝.

딸   (냉랭한 말투로) 여기 오기 전에 담당 의사를 만났어요.
      엄마, 뇌사 판정받으실 수도 있대요.

둘째 & 막내아들 뇌사!

큰아들   뇌사? 고것이 뭣인디 울 엄니가 그 판정을 받는다냐? 응?

딸   뇌사는 뇌가 정상적인 기능을 하지 못하고 회복될 수도
      없는 상태에 빠진 것을 말해요.

큰아들   그럼, 머시기냐. 우리 엄니가 식물인간이 된다 그 말이
      여 시방?

딸   노노. 식물인간과 뇌사는 달라요. 뇌사는 뇌 전체가 손
      상되어서 뇌에서 일을 할 수 없는 반면에, 식물인간 상태
      는 대뇌의 일부만 손상되었기 때문에 자발적인 호흡이
      가능하죠. 그러니까 이 둘의 차이점은 뇌사는 어떤 치료
      를 해도 살아날 수 없지만, 식물인간은 (잠시 말을 끊고
      누워 있는 할머니를 쳐다보면서 다시 말을 이어간다) 수
      십 년 후에라도 깨어날 수 있다는 거죠.

큰아들	그럼, 검사를 해서 울 엄니 뇌가 다 죽어 불었으면 돌아가신 거나 진배없고, 뇌가 살아서 엄니가 혼자서 숨을 쉴 수 있으면 살아 계신 거구마잉?
막내아들	그럼, 식물인간 상태로 판정되면 엄마는 지금 주무시고 계신 거네?
딸	현재 우리나라 의료법에 따르면 그래.
둘째아들	아따, 우리 판사님은 이 상황에서도 냉철하시구마잉.
딸	(아랑곳하지 않고) 어떤 판정을 받으시든 그때 다시 만나 의논해요. 연락받고 급히 오느라 오늘 재판을 모두 오후로 연기해서요, 다시 법원에 들어가 봐야 해요. (뒤돌아 나가려다 할머니 쪽을 한 번 바라보더니 돌아서서 병실 문을 열고 나가려 한다)
둘째아들	워메, 저 독한 년. 엄니를 보러 왔으면 눈에 침이라도 발라감서 엄니 손이라도 한번 잡아 보고 가야제. (딸 흉내를 내며) '오늘 재판을 모두 오후로 연기해서요, 다시 법원에 들어가 봐야 해요.' 캬하, 저것은 엄마 돌아가셨대도 눈 하나 깜짝 안 할 것이여. 워메, 저 눈깔, 매서워라. (진저리치며) 어휴 무서.

밖으로 나가려던 딸, 순간 돌아서서 박 할머니에게 다가와 그 앞에 선다.

| 둘째아들 | (깜짝 놀라 능청스럽게) 오마나! 밖에 바람이 징하게 매서워야. 바람이. 바람이 매서워. |

딸	(박 할머니를 바라보며) 엄마, 그러게 내가, 아들들 뒤치 다꺼리 그만하고 자기 몸이나 돌보라고 했죠. 아침부터 저녁까지 폐휴지 주우러 다니느라 손발이 꽁꽁 어는 겨울에도, 더워서 숨조차 쉬어지지 않는 여름에도 단 하루를 쉬지 않고. 그래서, 하루에 손에 쥐는 돈이 도대체 얼마인데? (아들들을 향해) 단돈 오천 원!
	엄마가 우리들 이만큼 키워 놨으면 이제 각자 알아서 살아야 하는 거 아니야?
	큰오빠! 새언니 집 나가고 10년 넘게 아이들 누가 다 키웠어?
	그리고, 너! 막둥이. 3년이나 취업 준비하라고 엄마가 뒷바라지해 주셨으면 이제 네가 알바라도 하면서 준비해야 하는 거 당연한 거 아니니? 그리고, 둘째 너!
둘째아들	(살금살금 병실 문을 나가려다 딱 걸렸다) 나? 근데, 나는 니 오라버니인디야.
딸	하! 오빠? (팔을 둥글게 말며) 잘 봐봐. 이게 절구여. 여기에 손잡이가 없는 걸 뭐라 하는 줄 알아? 어~이! 아따 어이가 없구만. (둘째아들에게 달려들어 순식간에 머리채를 휘어잡는다)
둘째아들	아! 아! 이거 놔! 이거 안 놔! 오라버니 머리 다 빠져 분다잉!
큰아들	(뜯어말리면서) 아야! 판사님아, 그만해라. 배 속에 아기 놀란다이.

막내아들	(울면서) 참아, 누나! 누나가 참아!
딸	(한 손으로는 만삭인 배를, 한 손으로는 둘째아들의 머리채를 잡고)
	오라버니? 뚫린 입이라고 어디서 오라버니! 오늘 너 콱 죽여 불고 나는 법복을 벗을랑게.
둘째아들	(머리채를 붙잡힌 채) 위메, 위메! 대한민국 판사가 사람 치네!

네 사람이 서로 뒤엉켜 있는 싸우는 가운데, 둘째아들의 비명이 들린다.
암전.

2장 병실

1장의 할머니가 침대에 누워 있다는 설정하에 실제로는 서 있는 모습이다. 할머니의 입에는 산소마스크, 팔 여기저기에는 기계로 연결되어 있는 호스가 끼워져 있는 모습은 1장과 같다. 큰아들은 할머니의 머리와 옷매무새를 다듬고 있다. 이때, 둘째아들이 트로트를 흥얼거리며 병실 문을 열고 들어선다. 할머니에게 다가가 그 곁에 앉는다.

큰아들	왔냐.
둘째아들	우린 언제까지 일일 교대함서 간호를 해야 한다요? 아휴, 깝깝하구마잉.

큰아들	그럼, 엄니가 이렇게 쌔근쌔근 숨 쉬고 계시는디 어쩔 겨? 두, 세 시간마다 방향 바꿔 가며 눕혀 드려야제, 또 매번 기저귀 갈아 드려야제. 그걸 아침, 점심, 저녁으로 세 번 오는 간호사에게 해 달랠 수는 없잖여.
둘째아들	아니, 나라에서는 뭐 하는 거여? 안 그려? 평생 반강제로 성실허게 세금을 따박따박 걷어 갈 때는 언제고, 우리 엄마 같은 사람이 쓰러졌어, 그럼 사회보장 시스템이 삐오삐오 작동해서 '성실 세금 납부자 박판례 할머니를 돌봐라. 삐오삐오.' 뭐 이렇게 출동하고 그래야 하는 거 아니여? 하다못해 엊그제 난 자동차 접촉사고에도 전화 한 통에 보험 회사에서 바로 출동하더만.
큰아들	누가 아니랴. 병원비는 무슨. 간병인이라도 나라에서 붙여 주면 맘 편히 돈이라도 벌러 다니겠구만.
둘째아들	차라리 집에다 모시면 아그들도 학교랑 집이랑 왔다갔다 하니께 돌아가면서 간호하면 편하지 안 커써?
큰아들	니가 아그들을 안 길러 봐서 그딴 소리 하는 거여. 요새는 학교 다니는 아그들이 더 바빠야. 어디 학교만 다닌다냐. 학교 끝나면 바로 학원 가야제. 아침 일찍 나가가지고 밤늦게까지 코빼기를 못 본당께.
둘째아들	아따, 성. 아그들 학비, 학원비도 솔찮것소.
큰아들	말해 뭐 한다냐. 입만 아프제. 그래도 공부하겠다고 기를 쓰는 아그들이라 내가 쎄가 빠져도 해 줄 건 해 줘야제 어쩌것냐.

(살짝 신이 나서) 우리 아그들은 나랑 완전 달라야. 큰놈은 지 고모처럼 판사가 되겠다고 하지, 또 작은놈은 헤헤. 어찌됐건 요즘 세상에 나처럼 중졸이면 어디다 쓴다냐? (한숨) 근디, 내 벌이가 영 시원찮아서 고것이 제일 걱정이다.

둘째아들   어째, 도배일이 신통치 않은 가베?

큰아들   최저임금인가 머시긴가 올라갔고 사람을 맘같이 쓸 수가 있어야제. 이사철 아님 일감도 마땅찮고.

이때, 막내아들 정장 차림으로 병실 문을 열고 들어온다. 안색이 좋지 않다.

둘째아들   맨날 청춘인 줄 아시오! 몸도 좀 돌봐 가면서 해야제. 아그들도 지 엄마 집 나가고 그만큼 키워 줬으면 지들 밥벌이는 하것지. 지금이 어떤 세상인데 개천에서 용이 난다요.

막내아들   (시큰둥하게) 그 어디서 많이 듣던 말 같은딩?

큰아들   막둥이 왔냐. (반갑게 맞이하면서) 면접은 잘 봤고?

(E) 휴대폰 진동벨.

막내아들의 휴대폰 진동벨 울리면, 발신인을 보더니 모두에게 휴대폰을 들어 보여준다. 딸이다.

막내아들   (힘없이) 개천에서 난 용녀님, 전화하셨네. (휴대폰에 대고) 네, 판사님.

딸(F)　　　　오후에 간병인 도착할 거야.

막내아들　　(형들을 보면서) 간병인이 온다구?

모두들 빠른 걸음으로 다가와 막내아들의 수화기 옆에 귀를 쫑긋 세우고 듣는다.

딸(F)　　　　언제까지 모두들 손 놓고 엄마 간병만 할 수 있어? 큰오빠는 일 안 해? 아이들은 누가 돌보고? 막둥이 너는, 취업 안 할 거야?

둘째아들　　(손가락을 동그랗게 말아 보이면서 작은 소리로) 돈? 돈은?

막내아들　　그건 근디, 돈이 많이 들잖아요. 큰형 벌이야 뻔하고. 난 아직 알바도 못 구했는디. 간병인 월급을 어떻게……

딸(F)　　　　우선은 내가 삼 개월치 내도록 할게. 이후에는 N분의 1로 다 함께 나눠. 둘째한테도 이 말 꼭 전해. 알았지?

막내아들　　알았어요. 근디, 누나. 나는 그때까지 취업 못 하면 좀 빼주면……

(E) 통화 끊어지는 기계음 들린다. 아들들의 표정 당황스럽다.

둘째아들　　지 할 말만 하고 탁! 그냥 끊는 거 봐. 싸가지하고는.

큰아들　　　간병인 구하면 그 사람 월급은 어찌 준다냐?

막내아들　　간병인 월급 삼 개월은 누나가 우선 낸다요.

둘째아들	삼 개월 후에는?
막내아들	삼 개월 후에는 N분의 1로 내자고.
큰아들	엔분? 그분이 누구시라냐?
막내아들	(짜증내며) 아, 형! 똑같이 나눠 내자고!
둘째아들	아니, 우리가 무슨 돈이 있어서? 큰형은 하루 벌어 하루 사는 거나 진배없고, 너는 지난 삼 년간도 취업이 안 됐는디, 삼 개월 후에 돈 벌고 있을 거라고? (생각해 보더니 얼굴에 웃음 지으며) 헷! 그래도 그 지지배, 이 작은오빠 어려운 사정은 봐주는갑네.
막내아들	작은형에게도 꼭 전하랬어.
둘째아들	캬하! 그럼, 그렇지. 있는 것들이 더 무섭다니께. (언성 높아지며) 이눔의 지지배는 오라버니들에게 엄마 맡겨 두고 아주 코빼기를 안 비추는 거 봐. (분을 삭이다가 생각난 듯 분위기 바꿔서) 너는 오늘 면접 잘 봤냐?
막내아들	(시무룩하게) 그냥 봤어.
큰아들	뭣이 마땅치 않구만. 어째 이번에도 어려울 것 같냐?
막내아들	아니 그게⋯⋯ (화가 치밀어 오르는 표정으로) 나더러 외국에 어학연수 갔다 온 경험이 있냐고 그럽디다. 갔다 왔으면 갔다 왔다고 이력서에 썼겠지.
큰아들	그래서?
막내아들	그래서는 뭐가 그래서야. 안 갔다 왔으니까 안 갔다 왔다 했제.
둘째아들	그랬더니?

막내아들	왜 안 갔다 왔냐고 그러는 거여. 내가 뭐 안 가고 싶어서 안 갔다왔나? 내 사정이, 우리 집 형편이, 못 가게 생겼으니까 못 간 거제.
둘째아들	근디, 오늘 면접 온 것들은 다 갔다 왔디야?
막내아들	(신경질적으로) 아, 몰라.
둘째아들	아니, 나머지 것들은 영어로 뭐라고 막 쌀라쌀라, 막, 막…… 이래?
막내아들	(화내며) 아, 모른다고!
둘째아들	아, 이놈의 자슥. (벌떡 일어나 막내아들에게 다가가) 어딜 형한테 버르장머리 없이 소리를 대꼬챙이처럼 지르고 눈을 부라려? 눈깔을 그냥. 눈 안 깔어!
막내아들	(눈알을 부라리며) 내 눈알이 원래 이렇게 생겼는데 뭐 어쩌라고!
둘째아들	뭐여? 오늘 내 이놈의 자슥을!
큰아들	그만두지 못해! 느그들이 사람이냐. 언제 돌아가실지도 모르는 엄니 앞에서 이게 뭣하는 짓이여!

병실 문을 열고 소박하나, 단정한 차림의 중년 여성 들어온다.

간병인	(중국 교포 말투로) 저, 실례합니다. 판사님께서 여기 간병인이 필요하다고 하셔서.
둘째아들	(정색하고 표준말로) 아, 어서 오세요. 아휴, 오시느라 힘드셨죠. 여기 앉으세요.

간병인	네. 감사합니다.

간병인과 그 주변으로 아들들 같은 템포로 자리에 앉으려다,

둘째아들	근데 한 달에 얼마를 받으세요?

화들짝 놀란 간병인, 큰아들과 막내아들 빠른 템포로 동시에 다시 일어선다.

간병인	(갑작스러운 질문에 멀뚱히 바라본다) 네?
큰아들	(작은 소리로 나무라며) 너는 이제 막 오신 양반한테 그 뭔소리다냐.
둘째아들	아니, 제 말은, 얼마를 받으시는지 알아야 근무 시간에 대해 서로 허심탄회하게 소통을 할 수 있을 것 같다 이 말씀이죠.

큰아들과 막내아들, 함께 수긍한다는 듯 고개를 끄덕인다.

큰아들	실은 저희가 다들 퇴근 시간이 들쭉날쭉해서라.
간병인	(차분하게) 오전 8시부터 오후 6시까지입니다.
큰아들	아따, 지가 그때까지는 못 오는디.
막내아들	아, 형!
큰아들	그렇잖여. 하루 벌어 하루 먹고사는 우리 일이라는 것이

꼭두새복에 나가서도 풀 마를 때까정 막걸리 한 잔씩 하면서 안 기다리냐.

그래도 풀이 덜 말랐다 싶으면 집에서 가져온 삼 년을 푹 삭힌 묵은지, 고것이 삼 년 전에 엄니가 담궈 가지고 올해는 맛이 덜큼덜큼해야. 그걸 손으로 쭉쭉 찢어갖고 뜨끈뜨끈한 손두부 위에 턱 얹어서 막걸리 한 잔을 그냥, 캬하아! 그러면 배 속이 흐물흐물해지면서 온몸에 피가 막 뺑글뺑글 안 도냐. (목소리 음흉해진다) 그라믄 아랫도리가 묵직해지면서 집 나간 애들 엄마 생각도 나고. 훌쩍.

(울먹이며) 여보, 내가 잘못했당께. 내가 술 처먹고 또 때리면 내 이 손모가지를 확 뽑아서……

둘째아들 시방 무슨 소리 하는 거여? 그라고 일이 맨날 있는 것도 아니람서 뭘 그걸 벌써부터 걱정을 혀. (간병인 눈치 보면서 다시 표준말로 상냥하게) 여기까지 오신 분 맘 상하게.

간병인 늦게 오시는 날은 미리 연락 주시면 제가 더 있겠슴다.

둘째아들 추가비용 없이요?

간병인 그건, 알아서 챙겨 주시면 감사하지요.

둘째아들 네, 암요, 암요. 서로 간에 지킬 건 지켜야죠. (큰아들에게 그만 말하라고 손짓한다)

간병인 그런데, 할머니는 어쩌다가 이렇게 되셨습니까?

막내아들 (갑자기 통곡할 듯) 엄마아!

둘째아들	네. 사 분 안에 CPR만 했어도 어머니가 저렇게 되는 불상사는 막을 수 있었을 텐데. 저희 집에 배움이 심히 짧은 분이 계셔서 CPR이 뭔지도 모르고 메추리알, 타조알 찾다가 어머니가 이 지경이 되셨답니다. (큰아들을 흘겨본다)
큰아들	시방 고것이 말이여, 똥이여? 그럼 엄니가 요로코롬 된 것이 다 내 탓이라는 거여, 시방?
둘째아들	틀린 말은 아니잖여?
큰아들	그럼, 엄니 코딱지만한 집 저당 잡히고 음반 내것이라고 은행 돈 끌어다 쓴 놈은 누군디? 엄니가 그 돈 갚을라고 여름 땡볕에, 겨울 찬서리에 폐휴지 주우러 다니다 저 변을 당한 거 아니여. 그게 누구 땀시여? 잉? 누구 때문이냔 말이여!
막내아들	그럼, 엄마가 둘째 형 빚 갚는다고 지금껏 폐휴지 주우러 다녔다는 거야?
둘째아들	아니, 말이야 바른 말이제. 폐휴지 줍는다고 그 빚이 갚아져? 하루 죙일 땡볕에 폐휴지 주워도 만 원을 못 받는다며. 그라고 막말로 내가 엄니더러 폐휴지 주우러 다니라고 등 떠밀었냐고! 에이, 씨발. 거지같이!
막내아들	(큰 소리로 울면서 할머니를 안는다) 엄마아!
큰아들	뭐, 거지? 저것이 사람이 아니구마! 니가 사람이라면 뚫어진 입으로 그렇게는 말 못 할 것이여. 그래! 돈 갚으라고 밤낮 사람들이 찾아오드라. 그래서 엄니가 하루 이자

라도 갚을라고 아침부터 밤까지 폐휴지 주우러 다녔던 거 아니여. 이 썩을 놈아. (자리에 주저앉아 목 놓아 운다) 으메, 엄니!

둘째아들 에이, 난 몰라! 형이 메추리알, 타조알만 찾지 않고, CPR만 제때 했어도 엄마가 저 지경은 면할 수 있었다고!

큰아들 이놈의 자속, 말이야 바른 말이제. 대한민국에 CPR 할 줄 아는 사람이 몇 명이나 된다냐? 여기 오신 여러분 중에 CPR 할 줄 아는 분 계시오? (관객의 반응 보면서) 이봐라, 이 자속아. 오늘날 내가 중학교까지 댕겼는디 CPR 못 하는 것이 내 책임만이냐? 나 중학교 댕길 때는 죽어라고 '나는 콩사탕이 싫어요!' 이런 것만 밤낮 배웠대니께.

막내아들 (울음 멈추고 울먹이는 소리로) 큰형은 왜 콩사탕이 싫은디?

큰아들 아따, 뭔소리다냐. 공산당이 싫다고야.

막내아들 아! 홀쩍.

큰아들 암튼, 대한민국 교육이 나를 CPR도 못 하는, 세상 무지 랭이로 만든 거 아니여! 이런 더러운 씨, 피알 같은 세상.

둘째아들 하이! 콩사탕 같은 소리 하고 자빠졌네.

큰아들 너 이 자속 이리 와. 오늘 내가 그 입을 뚫어서 지하땅굴을 만들어 버릴랑께. 퍼뜩 안 기어오냐?

막내아들 (붙잡으며) 큰형, 큰형이 참아.

둘째아들 (비아냥대며) 기어가는데 어떻게 퍼뜩 가냐? 그라고 뭐, 지하땅굴? 이런 이승복 콩사탕이 싫어서 알사탕 까먹는 소리 하고 자빠졌네.

큰아들   너너, 감히 위대한 이승복 어린이를 욕해? 야이 씨, 발라
            버릴 놈아!! (의자를 들고 둘째아들을 내려치려고 다가
            선다)

아들들의 다툼을 지켜보는 간병인, 매우 당황스럽다.

간병인   (외치며) 그만! 그만들 하시란 말입니다!

순식간에 무대 위 인물들 자리에 얼어붙는다. 동작이 정지된 채, 서로 눈
짓을 주고받는 아들들.

간병인   아무래도 제가 잘못 찾아온 것 같습니다. 그럼, 안녕히
            계십시오.

간병인이 90도로 인사하고 나가려 하자, 막내아들이 재빠르게 문을 막아
선다. 큰아들은 내리치려고 들었던 의자를 둘째아들 뒤에 살포시 내려놓
는다.

큰아들   (어색한 표준말 쓰면서) 아우야, 계속 서 있으니까 다리
            아프지? 여기 앉으렴.

둘째아들 괜찮아요, 형. 한 살이라도 더 드신 형님께서 앉으세요.

막내아들 (상황을 살피더니 빠르게 형들에게 다가가 어깨동무하

면서) 하하하, 네. 우리들은 원래 이러고 놀아요. 그치, 형. 하하하.

큰아들   (어색한 표준말로) 애들아, 이렇게 노는 건 매우 재미있지 않니? 하하하.

간병인, 병실 문 앞에서 어깨동무한 아들들을 미심쩍은 듯 바라보며 제자리에 서 있다. 암전.

3장 병실

무대 위에는 누워 있는 박 할머니만 보인다. 이때, 들어오는 젊은 담당 의사. 할머니에게 다가가 몇 가지 확인을 하는 모습이다. 고개를 가로젓다가 뭔가 떠올랐는지 휴대폰을 꺼내 어디론가 전화를 건다.

의사   김 판사님, 주치의입니다. 어머님은…… 아무래도 깨어나시기는 힘들 것 같습니다. 네. 뇌사상태는 아니라서 연명 의료법이 적용이 되지 않으니 의료기기를 제거할 수는 없구요. 그랬다가는 의료진이 살인죄를 지게 되니까요. 법이야 김 판사님이 더 잘 아실 테니까 긴말하지는 않겠습니다.
(조심스럽게 말을 이어간다) 가족분들이 힘드시겠지만, 어떻게든 깨어나시길 바라면서 이대로 치료를 계속해

나가는 수밖에 지금은 별 방법이…… 네, 네. 그럼.

의사는 전화를 끊고 다시 한번 환자를 바라보다가 나가려는데 이때 간병인 들어온다.

간병인   안녕하십니까.

의사   (가볍게 목례하며 나가려 한다) 네.

간병인   저, 선생님!

의사   (나가려다 뒤돌아본다)

간병인   저… 이상하게 들리시겠지만, 할머니 말입니다.

의사   네, 말씀하세요.

간병인   할머니께서 꼭 살아 계신 거 같다 이 말이오.

의사   살아 계신 거 맞습니다.

간병인   그게 아니라, 제 말을 듣고 계신 거 아닌가 싶다 말이오.

의사   그게 무슨 말씀이신지?

간병인   제가 할머니께 이런저런 이야기를 해 드렸단 말이오. 그런데, 요전날 제가 둘째아드님 이야기를 하지 않았소.

의사   둘째아드님이요?

간병인   네, 거 있지 않소. 건달처럼 생겨가지고 껌 막 이렇게 쫙쫙 시건방지게 씹으면서 선생님께 대들던.

의사   아! (둘째아들 흉내 내며 건들거리면서) 건달처럼 생겨서 껌 막 이렇게 씹던 그 새파란 놈! (간병인과 눈이 마주치자 다시 점잖게) 새파라신 분이요.

112

간병인	네. 제가 그 둘째아들 흉을 할머니 앞에서 막 봤다 말이오. 그랬더니, 할머니 얼굴이 찌푸려지시더란 말입니다. 꼭 기분 나쁜 것처럼.
의사	네? 아하하하하하. 아, 네. 뭐, 그렇게 느끼셨을 수 있습니다. 의식은 없으시지만, 아직 돌아가신 건 아니니까요.
간병인	그런데…… 제가 간병인만 이십 년째라 이쪽으로는 촉이라는 것이 있는데, 이 할머니는 제 말을 듣고 계신 거 같단 말이오. 참말입다.
의사	(이해한다는 듯이 고개를 끄덕이면서) 일도 좀 쉬어 가시면서 하세요. 그럼, 이만. (퇴장)
간병인	(의사가 나가는 병실 문을 바라보면서 멋쩍은 듯 머리를 긁으면서) 에이, 괜한 소리를 해 가지고 정신 나간 사람 취급이나 받고. 이번 주에는 하루 더 쉰다고 할까? (할머니에게 다가간다) 할머니, 저 이번 주 토요일에는 집에서 쉴까 싶습니다. 의사 선생님이 제 정신이 이상하다고 쉬라는데, 저 하루 없어도 괜찮갔어요? (한숨 내쉬며) 에이구, 내가 지금 누구한테 말을 하고 있는 건지.

이때, 중년으로 보이는 남성이 병실 문을 열고 들어온다. 보험사 직원이다.

보험사 직원	여기가 박판례 할머니 병실 맞나요?
간병인	네, 이분이 박판례 할머니이십니다. 어디서 오셨어요?
보험사 직원	네, 저는 마지막잎새 생명보험에서 나온 보험사 직원입

니다. 혹시 박판례 할머니 따님이 되시는지?

간병인   아니, 저는 간병인입니다.

보험사 직원   아, 간병인. (갑자기 곡 한다) 아이고, 아이고. (뚝 그치더니) 삼가 고인의 명복을 빕니다.

간병인   (주변을 살피면서 조심스럽게) 지금 뭐 하시는 겁니까?

보험사 직원   보통 이렇게 해드려야 누워 계신 양반들이 '아, 내가 결국은 죽었구나' 하고 단념을 하신다 이 말씀이죠.

간병인   뭘 단념하신다는 말씀입니까?

보험사 직원   뭘 단념하겠어요? 이승을 단념하신다 그 말씀이죠.

간병인   (할머니 귀를 막으며) 얼래래! 이 양반이 못 하는 소리가 없네. 아직 살아 계신 양반 앞에서.

보험사 직원   에헤! 가족도 아니시라면서 (혼잣말) 오지랖은. (의자에 앉으면서) 아무튼 이제 할머니 덕에 이 집 형편이 훨씬 나아질 겁니다.

간병인   할머니 덕에 이 댁 형편이 나아진다니 그게 무슨 말이래요?

보험사 직원   할머니가 젊었을 때 보험회사 외판원 일을 하셨거든요. 그때는 실적이 중요했어요. 정해진 월급이 얼마 되지 않았으니까. 그래서 회사에 서 목표한 실적을 채우려고 자기 이름으로 보험에 가입을 많이 했다고. 아님 다음 달에 당장 회사 나오지 말라고 하니까. 그럼, 한창 크는 사 남매는 어쩔 거야. 그러니 할머니가 울며 겨자 먹기로 자기 월급 털어서 자기 보험을 여러 개 든 거지. 그래야 성과급도 붙고 월급을 받아 갈 수 있으니까. 그때 마지막잎새 생명보험의 획기적인 상품 중에 그 이름이….
아! 그래. '밤새 안녕'. 할머니가 가입하신 '밤새 안녕' 상
품이 있었던 거죠.

간병인   밤새 안녕?

보험사 직원   요새야 노인분들이 다들 정정하시지만, 삼십 년 전에는,
노인들이 새벽기도 다녀오시다가 날이 새기 전에 주님
을 막 만나고 그랬다니까.

간병인   아…!

보험사 직원   그래서 이 할머니 쓰러졌다고 자식들이 연락을 해 왔어
요. 할머니 젊었을 때부터 보험 회사를 오래 다니셨으니
보험 들어놓은 거 있으신가 해서. 그런데, 확인해 보니
이런 생명보험을 네 개나 들어 놓으셨더라구요. 그러니
자식들만 땡잡았지 뭐.

간병인   그 보험금이 얼마나 되는데요?

보험사 직원   사억.

간병인   사억!

보험사 직원   그러니까 내가 산 사람들은 살으라고 미리 곡해 준 거 아
니야.

간병인   그럼… 할머니가 돌아가시면 자식들이 사억을 받는다
그 말씀이래요?

보험사 직원   당연하지. 보험에 가입한 사람이 죽어야 사망보험금이
나오죠. 쓰러졌다고 다 보험금 사억씩 주면 보험회사는
뭐, 땅 파서 장사하나?

간병인	그럼, 보험금은 못 타겠습니다. 할머니는 살아 계시오. 언제 깨어나실지는 몰라도.
보험사 직원	(주변을 살피더니) 그러니까 아줌마도 눈치없이 정성껏 간호하지 말고 거, 대충 시늉만 하시라고. 자식들이 할머니가 돌아가셔야 받는 보험금이 사억인 걸 알면 할머니가 하루라도 오래 사시길 바랄 것 같아요?

때마침 병실 문 앞에 차례로 귀를 대고 엿듣고 있는 둘째아들과 막내아들. 서로의 몸무게를 지탱하지 못하고 병실 안으로 넘어져 들어온다.

둘째 & 막내아들	옴마야!
보험사 직원	누구신지?
둘째아들	(정중해지며) 저희가 박판례 할머니 아드님들입니다.
막내아들	아들이지 무슨 아드님이야. 저는 막내아들이구요.
보험사 직원	아이고. (냉큼 다가가 악수를 청하면서) 얼마나 상심이 크십니까.
둘째아들	아니, 뭐. 저희도 거시기 합니다만. 근데, 방금 사망보험금이 사억이라고.
막내아들	(불쑥 끼어들며) 우리 엄마 사망보험금이 그렇게나 많아요?
보험사 직원	네. 어머니가 삼십 년 전부터 꾸준히 들어오신 생명보험이 있으시거든요. 생명보험 네 개에서 받으시는 사망보험금이 총 사억 원이 있습니다. 하도 오래전에 가입하신 거라 매달 내는 보험료도 얼마 되지 않은데 보험금이 사

억 원이라니, 어머님께서 선견지명이 있으셨네요.

둘째아들 (감격하여 혼잣말로) 아따, 우리 엄니. 사십 년 넘게 꾸준히 김치에 멸치 대가리 안 떼고 반찬으로 올릴 때부터 참, 저 노인네 이슬로 바위를 뚫을 양반이구나 내가 알아봤다니까.

(점잖은 말투로) 저희 어머니께서는 워낙 꾸준한 것을 좋아하셨죠. 저희에게도 늘 꾸준한 사람이 되라고 하셨었는데. (과장된 몸짓으로 엄마에게 달려가서 품에 얼굴을 묻고 몸을 들썩인다) 어머니! 흑흑흑.

모두들, 몸을 들썩이고 우는 둘째아들을 바라보고 서 있다.

막내 우는 거야, 웃는 거야?
보험사 직원 웃는 거 같은데요?
간병인 (작은 소리로) 아주 좋아 죽네, 썩을 놈.

암전.

2막

1장 고깃집 내부

무대 위 불판이 놓인 고깃집 테이블과 의자 두 세트 놓여 있다. 둘째아들과 막내아들은 큰아들의 팔을 한 짝씩 끼고 고깃집에 들어온다. 둘째아들과 막내아들의 얼굴에는 옅은 미소가 보인다. 큰아들은 어리둥절해하는 모습이다.

큰아들   저녁 먹었다니께. 잠잘 참에 무슨 괴기여, 시방.

막내아들   고기 먹은 지 한참 됐는데, 그냥 먹자 형.

둘째아들   아따, 성. 가끔 목에 돼지기름 좀 발라 줘야 목에 낀 미세먼지도 싸악 녹여 준다 안 합디요. (무대 뒤를 향해) 이모! 여기 방금 잡은 새끼돼지 삼겹살 부들부들한 놈으로 삼 인분 주시요. 소주 두 병이랑.

막내아들   (웃으며) 나는 맥주. 헤헤.

둘째아들   그라제. 괴기에는 역시 쏘맥이지. 우리 막둥이는 역시 고기 먹을 줄 아는 놈이여.

막내아들   이모! 여기 맥주도 두 병 주세요.

118

큰아들	근디, 이것들. 기분이 좋구만? 혹시, 우리 막둥이 취직시험 합격했냐?
막내아들	(시무룩해지며) 그건 아니구.
둘째아들	(탁자 밑에서 술병 꺼내 뚜껑 따서 술 따르며) 자자, 성. 한 잔 받으시고.
큰아들	아따, 술은 언제 갖다 줬다냐. (한 잔 마시고) 캬아. 좋구만.
막내아들	큰형, 나도 나도.
큰아들	그려. 우리 막둥이도 한 잔 받아라잉. (술 따라 주고 나서) 근디, 뭔 일이여? 표정들을 보아하니 무슨 좋은 일이 있는갑다잉.
둘째아들	좋은 일은 무슨. (명이나물 한 젓가락을 집어 먹고는) 아따, 이 명이나물 오랜만에 먹어 보네.
막내아들	어디 어디. (명이나물 한 젓가락을 집어 먹고는) 우리 엄마가 만든 명이나물 진짜 맛있는디.
큰아들	명이나물에 삼겹살 똬왁 얹어서 한입 물고, 마늘에 엄니표 된장을 똬악 찍어갖고 한입 앙 물면 캬하~ 그걸로 그날의 시름은 다 끝나는 거제. 김치면 김치, 장이면 장, 못 내는 맛이 없었당께, 우리 엄니.
막내아들	맞아. 난 엄마가 만들어 준 집밥이 제일 맛났다니께. 엄마가 해 주는 밥 먹고 싶으요.
둘째아들	울 엄니가 식당했으면 프랑스 미슐랭 별 다섯 개 감이제.
큰아들	이제 프랑스도 미숫가루를 먹는다냐. 하기사, 한류가 대센께.

둘째아들	(큰아들의 무식한 말에 짜증이 나지만 꾹 참고) 성! 꼭두 새복부터 도배 풀 냄새 맡으면서 일하러 다니기 힘들제?
큰아들	힘들기는. 고 일감이라도 한 달 내내 있었으면 쓰것다. 요새는 그나마도 없어야.
막내아들	(둘째아들에게 눈짓을 한다) 형, 한 잔 더 해. (술 따라 준다) 우리도 이참에 이런 고깃집 하나 열까?
큰아들	(술 들이키면서 무심하게) 캬아. 괴깃집 좋제. 근디 누가 공짜로 이런 가게를 열어 준다냐.
막내아들	(큰아들에게 고기 한 점을 입에 넣어주면서) 큰형. 우리 삼 형제가 오손도손 이런 가게 하면서 살았으면 좋거써. 내가 회사 갔다가 오면 홀서빙도 돕고.
큰아들	아따, 우리 막둥이는 폴쎄 취직한 것마냥 말한다잉.
둘째아들	성. 우리 셋이서 이거 해 보자. 괴깃집.
큰아들	아, 글쎄. 돈이 있어야 하제. 이것들아. 나랑 같이 도배 일 다니는 수영이 안 있나. 그 사촌이 이런 괴기집 한다 드라. 한 삼십여 남은 평에서 안사람이랑 알바생 둘 두 고 한다는디 목이 좋아 그런지, 이삼억은 든다데. 근디 이렇게 큰 놈으로 하나 차릴라치면, 못 해도 삼사억은 있 어야 안 쓰것냐. 목 좋은 놈은 보증금도 비싼께.
막내아들	그럼 큰형은 돈 있으면 당장 도배일 때려치고 고깃집 할 거다 이거제?
큰아들	마다할 일이 뭐 있다냐.
둘째아들	(박수 두 번 치며) 오케바리! 하자, 괴깃집!

큰아들	(의심스러운 눈초리로) 아닌 밤중에 홍두깨라더니. 뭣들 하는 것이여, 시방.
둘째아들	(주변을 살피더니) 이리 가까이 와 봐.
큰아들	그래. 왔다.
둘째아들	잘 들어.
큰아들	잉. 잘 들려.

빠른 배경음악 흐르는 가운데, 1막 3장(보험회사 직원이 와서 말해 준 보험금에 관한 이야기) 상황을 플래쉬 백으로 보여 준다. 배경음악이 갑자기 멈춘다.

큰아들	(큰소리로) 뭣이여! (둘째아들과 막내아들의 등을 번갈아 때리면서) 오사랄 놈들! 느그들이 사람이냐? 사람이야? 하늘이 무섭지 않냐? 워메워메, 우리 엄니. 불쌍해서 어쩔거나. 이런 놈들인지도 모르고 그저 새벽기도 다니면서 치성을 들이고, 자나 깨나 못난 아들들 걱정에 좋은 옷 한 벌 못 사입으셨는디. 뭐? 엄니는 많이 사셨응께 이제 우리 생각도 해야 안 쓰것냐고? 워메워메, 우리 엄니, 차라리 저렇게 누워 계셔서 안 보고 안 들린께 천만다행이요.
둘째아들	(술 한 잔 들이키고 나서) 캬하아! 아따. 효자 났구만. 효자 났어.
큰아들	뭣이여? 이 썩을 놈을 그냥!

둘째아들   (큰아들의 등 뒤 쪽으로 시선 향하면서 인사한다) 오셨어요.

큰아들과 막내의 시선이 둘째아들이 바라보는 곳을 향한다. 그러나, 곧 둘째아들이 장난한 것을 알고는 둘째아들을 째려보는 큰아들. 이때, 큰아들의 휴대폰 진동벨이 울린다. 딸에게서 온 전화다.

(E) 휴대폰 진동 울리는 소리.

큰아들은 휴대폰에 뜬 이름을 보더니 자리에서 일어나 무대 앞 구석으로 가 선다. 목소리를 가다듬고 밝게 전화받는다. 조명은 큰아들과 술 마시고 있는 둘째, 막내아들을 비춘다.

큰아들   (휴대폰에 뜬 이름을 보더니 목소리를 밝게 가다듬는다) 응, 딸. 웬일로 전화를 했대. 공부하느라고 바쁠 텐데. 아빠? 아빠는 지금 술, 아니, 밥 먹고 있제. 너는? 너는 밥 먹었냐? 잉? 법학대학원? 지난번에 말했잖어. 할머니 병원비 때문에 올해는 안 된다고. 올 한 해는 쉬어 간다 생각하고 내년에 가자잉. 한 해 동안 학비 번다 생각하고 돈도 좀 벌고. 알제, 알제. 우리 딸, 을매나 열심히 공부하는지. 근디 지금은 아빠 사정이 좋지가 않아야. 우리 딸이 아빠를 이해해 주면 안 되것냐? (수화기 너머 아무 대답이 없다) 여보세요? 어이 딸? 따님? 예비 판사님? (끊어진 휴대폰을 들여다보며) 휴우……

다른 조명들이 꺼지고, 큰아들에게만 조명 비추면, 방금 전 둘째아들과 막내아들의 목소리 들린다.

둘째아들(E)   엄니는 많이 사셨응께 이제 우리 생각도 해야 안 쓰겄소? 큰성도 커 가는 아그들 생각해야제, 언제까지 하루 벌어 하루 살 생각이요?

막내(E)   큰형, 우리 삼 형제가 이런 고깃집 하나 하면서 오손도손 살았으면 좋것소.

머리를 감싸 안은 큰아들, 괴로운 듯 슬프다. 그 위로 조명 천천히 어두워진다.

3막

1장 병실

간병인이 할머니의 옷매무새를 바로 잡고 있다. 이어서 머리빗으로 할머니 가르마를 타준다. 이마 정중앙에 가르마를 만든다.

간병인   우리 할머니, 정말 고우시네. 젊으셨을 때는 미인이었겠습니다. 이렇게 쪽지시면 모습이 사대부집 마나님이니 말이오. 할머니, 오늘 날씨가 얼마나 좋은지 밖에 한번 보시겠습니까? (창가로 다가가 창문을 연다) 하늘이 구름 한 점 없이 파랗지 않습니까. 세상에, 이런 날 바람만 불면…… (음흉한 표정으로) 바람납네다. 호호호호호. (정신 차리고) 내 지금 뭔 소리 하는 거니.

할머니, 제가 몇 년 전에 수녀님 한 분을 돌봐드렸습니다. 원장 수녀님께서 문병 오셔서 이러시더란 말입니다. '인간은 자연스럽게 태어나고 자연스럽게 죽을 권리가 있는 거다. 인간의 생명은 하나님으로부터 받은 것이니 인간이 인간의 생명을 끊는 안락사란 절대로 있어서는

124

안 된다'라구요. 저도 목숨은 하늘에 달렸다고 생각해서, 목숨이 붙어 있는 것은 그게 뭐가 됐든 간에 절대! 함부로 죽여서는 안 된다고 생각하거든요.

그런데, 몇 해 전에 복실이가, 십육 년 가까이 길렀던 우리 집 개 이름입니다. 그런데, 복실이가 죽을병에 걸려서 밤새 낑낑대고 아파하니까 우리 식구들이 자기들 마음이 아파서 미치겠는 겁니다. 결국 안락사시켜 달라고 동물병원에 데려다주지 않았겠어요. 오랜 세월 함께 살아온 개도 가족이라고 생각하니까 한동안 마음이 너무 아파서 밥이 넘어가질 않더란 말이오. 하물며 사람이야 오죽하겠느냐 말이오. 그러니, 가족 중 누구 한 사람이 아프면 가족 모두가 함께 아프다 그 말입니다.

그래서 내는 누가 아픈 가족을 안락사시켰다고 하믄, 아픈 가족이 귀찮아서 그랬을 거다 생각하지는 않습니다. 오죽 힘들었으면 동반 자살하고 그러겠습니까.

따님이 판사님이시지 만요, 법으로 이런 사람들 처벌할 생각만 하지 말고 이런 딱한 사람들 어떻게 도와줄 방법은 없을까 먼저 생각했으면 좋겠습니다. 사람 나고 법 났지, 법 나고 사람 났습니까?

병실 문 앞에 서서 간병인의 말을 다 듣고 서 있는 판사 딸 보인다.

딸   (헛기침) 으음!

간병인	(깜짝 놀라서) 에구머니나, 판사님. 언제부터 거기에……
딸	제가 여기 있을 테니 잠시 밖에서 바람이나 쐬고 오세요. 오늘 구름 한 점 없이 파란 하늘에 마른 바람이 부는 날이라 산책하기 좋으실 거예요.
간병인	그럼, 삼십 분만 걷다가 오겠습니다. (눈치 보면서 혼잣말한다) 언제부터 저기 서 있었던 거니? (밖으로 나가려 한다)
딸	(단호하게) 조심하세요.
간병인	(깜짝 놀라서) 에? 뭘 말씀입니까?
딸	바람나기 딱 좋은 날이거든요.

간병인, 틀켰다 싶어 당황스러운 듯 황급히 자리를 뜬다.
할머니 옆에 앉은 딸. 할머니와 단둘이 남은 상황이 어색하다. 이윽고, 손가락으로 박자 맞춰 침대를 톡톡 치기 시작한다. 그러다가 병실에 놓인 가습기 통을 각 맞춰 바로 놓는다. 다시 손가락으로 박자 맞춰 침대를 톡톡 친다. 이때, 병실 안에 시계의 초침 소리가 크게 들린다.

시계초침소리(E) 째각째각째각째각.

| 딸 | (어색한 듯 벌떡 일어서며) 아! 오 분이 지났네! |

할머니와 둘이 있는 상황이 매우 어색해 죽겠는데, 이때 중년의 남자가 병실로 들어온다.

사촌	(딸을 보더니 아는 체하며) 오! 여기 맞구나! (병실 밖에 서 있는 노파를 보면서) 어머니! 여기 맞네요. (병실 문 밖으로 한 걸음 나가 노파를 부축해 함께 들어온다)
딸	이모! (노파를 맞이하며)
이모	(조카딸을 보자마자 우는 소리로) 오메오메, 우리 판사 님. 엄마는 좀 어떠시다냐?
딸	(살짝 몸을 비켜 주면서) 저기 계세요.
이모	(아들의 부축을 받으며 다가가면서 곡을 하듯이) 오메오 메, 우리 성. 살아생전 고생고생, 좋은 옷을 입어 봤나 좋 은 음식을 먹어 봤나, 그렇게 자식새끼들밖에 모르더만, 이제 하나뿐인 동생도 몰라보고. 오메오메 우리 성, 불쌍 해서 어떡하나. 오메오메 우리 성, 불쌍해서 어떡하나.
사촌	어머니. 진정하세요. 여기 병원이라 다른 환자들도 있 고. 그리고, 큰이모가 돌아가신 것도 아니잖아요.
이모	그라제, 그라제. 우리 성이 이대로 가면 너무 억울하제. (진정하고 딸에게) 어째, 바쁘신 판사님이 여기 있다냐. 아들놈들은 다 어디가고?
딸	다들 저녁때 올 거예요. 교대로 왔다 갔다 해요.
사촌	만삭인 네가 고생이 많다. 그래, 산달이 언제라고?
딸	(건조하게) 두 달 남았어요.
이모	(다시 우는 소리로) 오메오메, 우리 성. 이녁이 이리될지 도 모르고 판사 딸 아그 나오면 길러 준다고, 아그 초등 학교 들어갈 때까지만 살면 원이 없겠다고…… 자기 몸

127

도 성치 않음서 그렇게 자식들만 자식들만, 아이고 우리
성, 불쌍해서 어쩐다냐.

사촌　엄마, 여기서 이러시면 안 된다 안 허요. 이모님이 돌아
가신 게 아니라, 맞다! 주무시고 계신 거라 잖아요. 그라
제잉?

딸　네.

이모　그려, 그려. 내가 벌써부터 이라믄 안 되제. 엄마 지금 주
무시는데 내가 이라믄 엄마가 듣고 '이년이 나 죽으라고
굿을 한다' 하것지잉? 내가 이라믄 안 되제. 잉, 안 되고
말고. (판사 딸을 향해 자신에게 오라는 손짓과 함께. 판
사 딸의 손을 잡고) 몸도 무거울 텐디 네가 고생 이 많다.
그래, 산달이 언제라고?

사촌　(당황스럽다) 두 달 남았다 안 합디요.

딸　두 달 남았어요.

이모　그려, 두 달. 다리 아프제. 여그 앉아 봐.

사촌은 빠른 동작으로 주변에 있는 의자를 가져다가 이모 옆에 딸이 앉을
자리를 마련한다. 딸, 의자에 앉는다.

이모　(판사 딸의 손을 잡고 눈을 지긋이 응시하다가 눈물지으
며) 에그. 너는 느그 엄마가 아들 셋만 위한다고 원망하
면서 자랐을지 모르지만 느그 엄니는 아들 셋보다 너를
더 위했어야.

128

딸	……
이모	잘 들어라잉. 사고가 있던 그날 말이다. 느그 엄니가 느그 사 남매한티 절대로 말하지 말라고 한 일이 있어야. 근디 이렇게 누워 주무시고 계실 때 아님 언제 이 말을 전해 줄 것이냐. 관에 누워 불면 다 헛것이여. 살아생전에 쌓인 오해는 서로 풀고 가야제.

2장 광주시내 / 30여 년 전 회상 (집-버스안-병원-집)

버스가 전복된 사고 현장은 아비규환이다. 사고 현장의 참담한 소리가 들린다. 소리 점점 작아지면, 무대 위의 조명은 이모만을 비추는 가운데, 이모는 무대 가장자리에서 내레이션으로 당시의 상황을 전한다.

| 이모 | 니가 중학교 때였을 것이여. 느그 외할머니 칠순 잔치를 한다고 니 엄마가 너만 데리고 시골에 왔었다. 아그들이 넷이나 된께 다 데꼬 오면 차비만도 솔찮게 든다고 혼자 오려고 했다는디, 니가 엄니 따라간다고 한사코 나서드래야. |

무대 위에는 사십 대 후반의 박판례 할머니와 교복을 입은 중학생 딸이 서 있다. 외출복 차림으로 나온 할머니와 따라가겠다는 딸 사이의 실랑이가 벌어지고 있다.

딸	(조르면서) 엄마, 엄마. 나도 따라갈래.
박 할머니	이놈의 지지배. 할머니 칠순 잔치상만 봐 드리고 금방 온다니께 왜 이렇게 발광이여. 너는 집에서 막내 돌보면서 공부하고 있어. 둘째오빠도 대학 입학시험 볼 날이 코앞이라 집이 절간같이 공부하기 월매나 좋아!
딸	집에 있기 싫단 말이야. 집에 있으면 맨날 나만 막내 보라고 하고. 그눔이 하루에도 똥오줌을 얼마나 싸대는지 알아? 지난 번에는 지 똥을 가지고 조물딱 조물딱 주물러대는 바람에 내가 목욕까지 시켰다니까. 그때 생각만 하면… 으으으 (몸서리친다) 지금도 내 손에서 막둥이 똥 냄새가 나는 것 같다니께.
박 할머니	아그들이 다 그렇제. 그라고, 니가 막내 똥기저귀를 얼마나 갈았다고 시방 유세여! 큰오빠 생각혀 봐. 밤새 공장에서 일하고 쉬는 날도 마다 않고 막내 똥오줌치고, 놀아 주고 그러는데 니가 몇 번이나 막내 기저귀를 갈아 줬다고 유세여 시방.
딸	우리 반에, 내 나이에 누가 집에서 아그 기저귀 갈고, 목욕시키고 한다고. 그리고 둘째오빠는 대입시험 본다고 아무것도 시키지 않잖아. 나도 곧 기말시험 본단 말이여.
박 할머니	저 소갈딱지 없는 년. 니 기말시험이랑 둘째오빠 대입시험이 같냐? 같아? 그리고, 둘째오빠가 월매나 공부를 잘

해 왔냐. 이제 두 달만 고생 더 하면…… 어디든 장학금 준다는 대학으로 간다고 했으니께, 이제 나나 저나 한시름 덜제. 그랑께, 엄마 따라간다 말 말고 집에서 시험 공부하면서 있어야!

딸   막내 보면서 공부는 무슨 공부야. 엄마아, 나도 데려가. (조르면서) 응? 엄마! 내가 전, 다 부칠게. 응? 응?

박 할머니   (잠시 응시하더니 못 이기겠다는 듯) 그럼, 전은 니가 다 부치는 거여!

딸   네!!!

박 할머니   어여 서둘러! (퇴장)

딸   앗싸!!! (신이 나서 따라 퇴장한다)

이모(NA)   그렇게 느그 외할머니 잔칫상을 차려드리고 다음 날로 다시 집으로 돌아가는 고속버스를 타고 서울로 올라갔제. 근디야, 하필 그날 억수 같은 비가 안 쏟아지냐. 다음 날 출발하라고 아무리 일러도 회사에서 휴가를 하루밖에 못 받았다믄서. 하루 결근하면 보험회사에서 짤린다고야, 기어이 올라간다 안 허냐.

버스 안. 검정 썬글라스를 낀 빼질한 모습의 버스 기사가 껄렁거리는 모습으로 운전대를 잡고 앉은 모습이다. 버스 기사 뒤로 박 할머니와 딸이 앉아 있다.

버스기사	오늘도 우리 관광을 이용해 주신 승객 여러분께 감사드
	립니다. 여러분은 지금 무사고 경력 이십 년 차, 우리 관
	광의 에이스 기사의 차를 타고 계십니다. 오늘 아침부터
	비가 억수같이 쏟아진께라 가슴에 손을 얹고 본인이 지
	은 죄가 많다 생각하시는 분들은 안전벨트를 특별히 단
	단히 매주시길 바라것습니다. 그럼, 오늘도 무사고 안전
	을 기원하면서, 오라이!
딸	엄마, 이 기사 아저씨 진짜 웃긴다. 그지?
박 할머니	근디 껄렁껄렁한 것이 어째 어디서 많이 보던 사람인 거
	같구만.
딸	그러게. 낯설지가 않으요잉.
버스기사	워메, 하늘이 뚫렸는갑다. 길도 미끄럽고. 지랄 같구만.
	(잠시 후) 어어어……이거 왜 이래…… 어어어, 아아아아악!

암전.

(E) 버스 급정거하는 소리.

이모(NA)	어째 그 운전기사가 껄렁껄렁하다 했더만, 그놈이 무사
	고 이십 년은커녕 이십 년 운전하믄서 사고로 감방을 두
	번이나 다녀왔다지 뭐냐. 하늘도 무심하제. 하필 그런
	놈이 운전하는 버스를 탈 건 뭐다냐.

132

무대 위에는 팔에 깁스를 한 박 할머니가 의사에게 사정을 하고 있고, 의사는 곤란한 표정을 짓고 있다.

박 할머니   선생님, 저희 딸이 이제 겨우 열다섯 살이어라. 얼굴도 예쁘고 공부도 무지하게 잘한당께요. 앞으로 큰 세상 볼 날이 창창한 아그인디 눈이 멀다니, 그게 무슨 말씀이서라. 두말 말고 우리 딸 눈, 살려 주시요. 우리 딸 잠에서 깨서 왜 세상이 이렇게 캄캄하냐고 하면 내가 뭐라고 할 것이요. 말 좀 해 보시요. 의사 선생님, 무슨 방법이 있을 것 아니요!

의사   (곤란한 듯) 한쪽 눈은 이미 손상이 심각해서 어쩔 수가 없습니다만, 나머지 한쪽 눈은 각막을 기증받으면 정상인과 같이 볼 수 있습니다.

박 할머니   각막이요? 그걸 어디서 기증받으면 된다요? 어디서요?

의사   통상은 기증자가 나타날 때까지 기다려야 합니다만 신체 거부 반응이 없는 경우는 가족에게 받는 것이 가장 이상적이기는 합니다.

박 할머니   (조금의 망설임 없이 단호하게) 내 눈으로 하시요.

의사   (당황스럽다) 어머님.

박 할머니   선생님, 나는 두 눈이 다 보인께 한 짝 주고 한 눈으로 살아도 암사 토롱 않소. 두 짝 다 주고 나는 소경으로 살아도 되지만, 아그들이 아직 한창 배울 나이라. 이 몸뚱이라도 굴려서 우리 아그들 공부시켜야 한께. 선생님, 내

눈 줄라요. 그니께 언능 수술해 주시요. 우리 딸이 깨어
나기 전에 언능 수술해 주시요. 저 어린 것이 깨어나서
앞이 캄캄하면 얼마나 무섭겠소. 그래도 한 짝 눈이라도
보이면, (소리가 잦아든다) 그라믄, 그라믄 세상의 반은
보일 것이 아니요. 선생님, 어서 수술해 주시요! 어서 수
술해 달란 말이오!

의사   ······

무대 위 조명 암전되면, 무대 2 조명 밝아진다. 무대 2에는 둘째아들이 수
험표를 바라보며 책상 앞에 망연자실 앉아 있다.

이모(NA)   대학 시험을 두 달 앞둔 느그 둘째오빠는 네 수술비 때문
에 큰형 따라서 공장에 다니느라 그해 대학 시험을 포기
해야 했단다. 대학은 나중에 가도 된다면서. 결국 영영
대학 문턱에도 못 가고 말았지만 말이여.

둘째 아들, 수험표를 구기면서 자신의 머리를 감싸고 책상 위에 엎드려 운
다. 그 위로 비춘 조명 점점 어두워진다.
무대 3에 조명 들어오면 정장 차림의 박 할머니, 서너 살 된 막내를 등에
업고 손에는 서류가방과 기저귀 가방을 함께 들고 무대 위로 들어온다. 한
쪽 눈에 안대를 한 박 할머니의 모습이 매우 지쳐 보인다. 막내를 업은 채
로 쌀을 꺼내 밥을 지으려 준비하고 집 안을 정리하는 모습 보인다.

이모(NA)　　　그래도 행여나 니가 마음 쓸까 봐, 속 깊은 느그 엄니는 너희들에게 다른 사람이 기증해 준 눈이라고 했었다. 너는 엄니가 그날 사고로 눈을 하나 잃어서 그 모습을 창피해했다만 느그 엄니는 한눈을 네게 주고 나머지 한쪽 눈으로 너를 보고 있으면 세상을 다 얻은 것 같다고 늘 말했었당께. 너는 느그 엄니한테 이 세상이었고, 자기 목숨보다 귀한 자식이었다.

3장 병실 내부

무대 3 조명 서서히 암전되면서 무대 중앙 조명 밝아진다.
다시 회상 전의 3막 1장과 같은 병실 내부 모습이다. 무대 위 병실에는 박할머니와 딸이 있다. 딸은 망연자실하게 할머니 앞에 앉아 있더니, 천천히 할머니의 손을 자신의 눈에 가져다 댄다. 이때, 중학생 딸의 목소리가 들려온다.

어린 딸(E)　　엄마! 학교 앞에 찾아오지 말란 말이여. 친구들이 액꾸눈인 느그 엄마 닮아서 쌍으로 눈깔이 그 모양이냐면서 놀린당께. 엄마는 내가 엄마 때문에 친구들에게 놀림받는 게 좋당가? 좋으냔 말이여! 엉엉엉.

딸　　　　　　(엄마의 손을 자신의 얼굴에 부비면서 울먹인다) 엄마…… 일어나. 일어나 봐. 나 할 말이 있어. 엄마 일어나 봐. 내가, 내가 엄마한테 할 말이 있다고. (어린아이 목소리가 되어서는 오열한다) 엄마, 일어나. 엄마, 이렇게 누워만 있지 말고 일어나 보라고! 엄마, 엄마, 엄마……

하염없이 우는 딸의 울음 위로 조명 서서히 어두워진다. 암전.

4막

1장 밤무대

무대 위 조명 한순간에 밝게 켜지면서 무대 중앙에 화려한 옷을 입은 둘째 아들이 노래를 시작한다. 노랫말이 구슬프다. 노래 막바지에 다다랐을 때, 둘째아들에게 사과, 귤 등의 과일이 날아든다. 그러나, 둘째아들은 익숙한 듯 날아드는 과일을 한 손으로 가뿐히 받아 내면서 노래를 마무리한다.

취객 1   집어쳐라, 집어쳐. 술맛 떨어지게 노래가 그게 뭐냐. 우우.

취객 2   야야! 내려와! 그런 노래는 니네 집에나 가서 불러!

둘째아들, 마이크를 내려놓는다. 이때, 업소 사장이 둘째아들에게 다가선다.

사장   야, 이런 노래 말고 좀 신나는 거, (주머니에서 하트를 꺼내 보여 주는 안무로 오도방정을 떨면서) '니가 왜 거기서 나와. 니가 왜 여기서 나와' 이런 거 좋잖아! 요새 왜 이 모양이야? 어머니 때문이야? 느그 어머니 일은 안됐

	다만, 네 살길부터 챙겨야지. 이래 가지고 밥이나 먹고 살겠냐? (둘째아들의 뒤통수를 치면서) 잘해라, 잘해. (퇴장)
둘째아들	네, 사장님. (나가는 사장 뒤통수에 폴더인사를 한다)

둘째아들, 무대 바닥에 떨어진 사과를 집어 착잡한 표정으로 들고 서 있다. 그때, 들려오는 소리.

목소리	다음 스테이지 나갑니다.
둘째아들	(황급히 목소리 가다듬고 밝게) 네, 나갑니다! (손에 든 사과를 탁자 위에 올려놓고 퇴장한다)

무대의 조명 서서히 어두워지는 가운데, 탁자 위 사과에만 조명이 비춘다. 이후 조명 서서히 어두워진다. 암전.

2장 재판정 / 꿈

무대는 법원 내 재판정이다. 큰아들이 손이 포박된 채 법원 직원들에게 이끌려 피고석으로 들어온다. 들어와 피고석에 앉혀지는 큰아들의 모습이 초췌하다. 무대 가운데 판사석에 조명이 밝아지면 판사복을 입고 앉은 딸의 모습이 보인다.

딸(판사)	검사 측 공소사실 진술하세요.
검사	지난 13일 새벽 2시경 피고 큰아들은 콤마상태에 있는 어머니에게 연결되어 있는 모든 의료장비의 기능을 정지시켜 어머니 박판례를 사망에 이르게 하였습니다. 본 사건은 콤마상태, 즉 식물인간 상태였던 박판례 할머니에게 연결되어 모든 의료장비의 기능을 정지시켰을 때, 사망에 이를 수 있다는 것을 아는 큰아들이 고의로 모든 의료장비를 제거하여 박 할머니를 사망에 이르게 한 존속 살해 사건입니다.

무대 위 다른 한쪽에 조명 들어오면 간병인, 증인석에 나와 앉아 있다.

검사	증인은 피고 큰아들과 어떻게 아는 사이인가요?
간병인	몇 달 전부터 박 할머니를 간병하고 있는 간병인입니다.
검사	증인은 큰아들이 박 할머니를 살해했다고 진술하셨습니다. 그렇다면 증인은 큰아들이 왜 박 할머니를 사망에 이르게 했다고 생각하시죠?
간병인	뭐, 제가 당사자가 아니라서 그 속을 빤히 다 안다고 말할 수는 없지만…… 제가 간병인 일만 이십 년 차라 가족 중 누구 하나 이렇게 병원에 누워 있으면 나머지 가족이 정신적으로나 육체적으로, 또 경제적으로 얼마나 힘들지 잘 압니다.
검사	그런데, 그런 고통을 다 알고 있는 증인은 박판례 할머니

	가 사망했을 때, 그 범인으로 큰아들을 가장 먼저 지목해 신고하셨는데요, 그냥 눈감아 줄 수도 있지 않았을까요?
간병인	얼래래, 그게 무슨 말씀이십니까? 할머니는 분명히 살아 계셨습다. 물론 인공호흡기를 하고 계셨지만, 분명 숨을 쉬고 계셨단 말입니다. 그리고, 호스로 영양분을 넣어드리니까 매일매일 잘 드시고 계셨습니다. 그런데, 어떻게 살아 계신 양반에게 산소호흡기를 떼고 영양분 호스도 다 빼고. 그렇게 하면 돌아가신다는 걸 뻔히 알면서 말입니다. 이건 명백한 살인입니다. 그래서, 그래서 제가 신고했습니다. 제가 퇴근하고 마지막으로 할머니 곁에 있었던 사람이 큰아들이었거든요.
검사	그런데 말이죠. 증인은 산소호흡기와 호스들을 제거하면 박 할머니가 사망할 줄 알면서도 큰아들이 그렇게 한 동기가 뭐라고 생각하시죠?
간병인	(망설이고 말을 하지 못한다)
검사	증인, 말씀해 보세요.
간병인	보험금 때문입니다.
검사	박 할머니가 돌아가시면 받는 보험금이 있었군요. 그게 얼마인가요?
간병인	사억입니다. (방청석에서 웅성거리는 소리 들린다)
검사	사억! 그랬군요. 할머니가 돌아가시면 나오는 보험금이 사억 원이었군요. 존경하는 재판장님, 피고 큰아들은 어머니 박 할머니가 사망하면 보험금 사억 원이 나온다는

140

것을 미리 알고 그 보험금을 타기 위해 고의적으로 인공
호흡기와 몸에 연결된 호스들을 제거하여 박 할머니를
사망에 이르게 하였습니다.

딸(판사)   원고 박판례 할머니는 살아생전 '개똥밭에 굴러도 이승
이 좋다'는 말을 자주 해 왔습니다. 이는 원고 박판례 할
머니가 얼마나 삶의 의지가 강했었는지를 잘 알 수 있는
대목입니다. 그럼에도 불구하고, 피고인 큰아들은 보험
금 사억이 탐나서 자신의 아이들까지 길러 주신 어머니
를 살해했습니다. 이에 본 재판부는 피고 큰아들을 존속
살해 혐의로, (쉬었다가 힘주어) 사형을 구형합니다!

큰아들   (몸부림치며 괴로워하면서) 아니어라, 그게 아니어라.
정말 그러려고 그런 게 아니어라. 그저 잠시 생각만. 그
래야, 정말 잠시 생각으로만 그랬당께요. 내가 진짜로
엄니를 죽인 것이 아니란 말이여!

딸(판사)이 의자 돌려 뒤돌아 앉으면, 그 의자 뒤편에 하얀 소복 차림의 박
판례 할머니가 무서운 얼굴로 앉아 있다.

박 할머니   (자리에서 일어서며 큰아들에게 천천히 다가온다) 네,
이놈!

큰아들   어, 어, 엄니. 아니어라. 내가 그런 것이 아니어라.

박 할머니가 손을 뻗어 큰아들의 목을 조르려고 점점 빠르게 다가오더니

큰아들을 지나쳐서 무대 관객석 한가운데로 뛰어들어 밖으로 퇴장. 무대 위의 조명 꺼진다. 암전.

3장 병실 내부

조명 다시 켜지면, 병실에 박 할머니 누워 있고, 박 할머니의 침상 곁에 잠이 든 큰아들이 잠꼬대를 하고 있다. 이때, 병실로 딸이 들어온다.

큰아들   (잠꼬대하면서) 아니어라. 내가 그런 것이 아니어라.

딸   (큰아들을 흔들어 깨우면서) 오빠, 일어나요. 큰오빠.

큰아들   (화들짝 놀라 잠에서 깨어 동생을 보면서) 워메! (무릎 꿇고 앉아서) 판사님, 한 번만 용서해 주시오. 지가 참말로 그럴라고 그런 게 아니어라. 그냥 잠깐, 아주 잠깐 생각으로만 했당께요. 지가 어찌 엄니를. 진짜 그런 것이 아니어라.

딸   오빠. 꿈을 꿨나 봐요. 개꿈.

큰아들   (정신 차리고) 개꿈? (황급히 박 할머니 상태를 확인하고는 가슴을 쓸어내리면서) 워메! 하느님, 감사합니다. 엄니 살아 계시구마잉. (박할머니의 손을 잡고 자기 얼굴에 부비며 울먹이면서) 워메, 엄니 살아 계셔서 정말 고맙소. 엄니. (눈물 훔치면서) 아야, 판사님아, 우리 힘들더라도 우리 엄니 이대로, 이대로 주무시게 하자 잉? 나

	는 우리 딸 법학대학원 좀 늦게 가더라도 우리 엄니 편하게 주무시다가 가시게 끝까지 돌볼란다.
딸	(말이 없다)
큰아들	왜, 말이 없다냐?
딸	큰오빠, 저 남편과 상의해서 집 내놨어요. 지금 집 팔고 변두리에 작은 집으로 이사하려구요. 그럼, 한동안 병원비, 집 판 돈으로 감당할 수 있어요. 그러니, 오빠는 아이들 공부시키세요.
큰아들	(감격해서) 판사님아……
딸	그동안 고생만 하면서 살아온 엄마, 이제라도 좀 주무시면서 편히 쉬셔야죠. 저희는 아직 (쉬었다가 밝게 미소지으며) 젊잖아요.

큰아들, 일어나서 천천히 딸에게 다가가 조심스럽게 손을 잡는다.

큰아들	(울음 섞인 목소리로) 우리 동생, 고맙다, 정말 고마워.

(E) 휴대폰 진동벨.

딸	(전화벨이 울리면 잡힌 손을 조심스럽게 빼면서) 전화가 와서요.
큰아들	어여 받아 봐.
딸	뭐? 안락사를 입법화하는 법안? 임판사. 안락사를 입법

화한다는 게 무슨 뜻인 줄 알아? 국가가 우리 국민들의 생명을 결정하는 법을 만들겠다는 건데. 임 판사는 자고 있는데 코 막고 입 막고 숨 못 쉬게 하면 기분이 어떨 것 같아? 난 반대야! 뭐 지금껏 찬성하지 않았느냐고? (좀 곤란한 듯 머뭇거리다가) 그거야, 사람이 생각이 바뀔 수도 있지. 내가 뭐 신이야. 바뀌니까 사람인 거지…… 우리가 신이 아니니까 우리 손으로 사람의 생명을 함부로 죽여서는 안 된다 이거야. 암튼 나는 반대야. 그렇게 알아.

큰아들, 딸을 향해 천천히 박수 치면 딸은 그 박수가 쑥스러운 듯 벌개진 자신의 얼굴을 두 손으로 감싼다. 따뜻한 미소가 두 사람의 얼굴 위로 번지는 가운데, 머리 위로 따뜻한 조명이 두 사람 머리 위에서 서서히 어두워진다. 암전.

5막

1장 밤무대

화려한 조명이 반짝이는 업소 안으로 큰아들과 딸, 막내아들이 들어온다. 업소 안에는 이미 취한 취객들이 테이블 위에 엎어져 있다. 일행은 웨이터의 안내에 따라 자리에 앉는다.

큰아들   우리 판사님은 이런 곳 처음이지야? 우리는 가끔 왔어야. 둘째가 월급 타는 날은 맥주 한 잔씩 사고 그랬지. 아야, 막내야. 둘째 이제 끝날 시간 아니냐?

딸   (막내에게) 여기서 몇 시까지 일하는데?

막내아들   대중없어. 아직 인기가수가 아닝게. 간판 가수가 못 나오는 날은 그냥 땜빵함서 시간 채워주고 그란디요. 이제 끝날 시간 다 됐는디. 어! 작은형 나왔다. 오우, 우리 형, 옷 겁나 빤짝여 주시고!

둘째아들이 마이크를 잡고 무대 중앙에 선다. 막내아들, 자리에서 일어나 응원한다.

막내아들	사랑해요, 미스터리! 우유빛깔, 미스터 리! 뭐 허요? 안 허고.
큰아들	사랑해요, 미스터 리! 우유빛깔······
	(딸을 바라보며) 아야, 같이 안 허고 뭐하냐?
딸	(쑥스러운 듯 휴대폰을 꺼내 객석을 향해 들어올리면 휴대폰 스크린에 LED로 '사랑해요, 미스터 리! 우유빛깔, 미스터리!'라고 쓰여 있다)
막내아들	올!
큰아들	역시 배운 분은 다르시구마잉.
모두들	사랑해요, 미스터리! 우유빛깔, 미스터리!
취객 1	야야! 니들이 여기 전세 냈어? 왜 떠들고 지랄들이야?
모두들	(취객 1의 말에 움찔하다가) 사랑해요, 미스터 리! 우유빛깔, 미스터 리!
취객 2	꼬라지들하고는. 어디 시골 촌구석에서 단체 관광 왔냐? (비틀거리며 일행의 테이블 앞에 선다) 잉? 이건 또 뭐야? 배는 남산만 해가 지고 너도 술 처마시러 왔어? 태어날 애새끼가 불쌍하다. 이년아. (비틀거리면서 딸을 치려고 한다)

큰아들과 막내아들이 이를 막아선다.

큰아들과 막내아들 어어어, 시방 뭐 하는 거여?

딸	(너무 놀라서 큰아들 뒤로 물러선다)

큰아들	이봐! 저그 위에서 노래 부르는 사람이 우리 동생이여. 그래서 가족들이 와서 응원 좀 하기로소니, 임산부헌티 어디서 쌍욕이여 시방. 술이 많이 취한 거 같은께 좋은 말할 때 그냥 가소.
취객 1	저것도 노래라고 부르냐 싶었는데, 저게 니들 가족이야? (둘째아들을 향해) 야! 이 새끼야, 너도 내려와. 그것도 노래라고 부르냐! 에라 이거나 처먹어라. (테이블 위에 놓은 과일을 하나 집어서 둘째아들을 향해 던진다)
딸	저 가수 노래가 어때서? 너는 노래나 할 줄 아냐? 이런, 씨…… (차마 말하지 못하고)
취객 2	아주 가족들이 쌍으로 지랄을 떠네. 야, 이년아, 저놈이 니 서방이라도 되냐?
딸	뭐라고? 서방이 아니라 우리 오빠다. 우리 오빠!
취객 2	아니, 오빠면 오빠지 눈을 똥그랗게 뜨고 어딜. (한 대 치려고 한다)
둘째아들	(능숙하게 과일을 받아 무대에서 내려온다. 그리고 다짜고짜 취객 2의 멱살을 잡으면서) 뭐야? 너 지금 내 동생한테 뭐라고 했어? 이년? 나도 이날 이때까지 욕 한번 해본 적 없는 내 동생한테 이 새끼가.
취객 2	어어, 이거 놔. 이거 안 놔?

신나고 빠른 배경음악 들려온다. 배경음악에 맞춰 등장인물 모두 슬로우 모션으로 움직인다. 둘째아들이 취객 2를 바닥에 눕히고 올라타서 취객 2

를 마구 때린다. 취객 1이 둘째아들의 머리채를 낚아채면, 큰아들은 뒤에서 취객 1에게 헤드락을 걸어 얼굴을 쥐어짠다. 딸은 오빠들을 말리려고 달려들고 막내아들은 딸을 말리면서 잡아끈다. 이를 지켜보던 업소 사장과 웨이터 달려오면, 멀리서 들려오는 경찰 사이렌 소리 울리면서 암전. 사이렌 소리 작아지면 암전 상태에서 속삭이는 말소리 들린다.

둘째아들(E)   성, 우리 동생들은 다 어디 갔대?

큰아들(E)   경찰 오기 전에 막내가 우리 판사님 데리고 폴세 톡겨 불었지.

둘째아들(E)   아까 그 소리 들었소?

큰아들(E)   무슨 소리야?

둘째아들(E)   나더러 오빠라잖아. 우리 오빠.

큰아들(E)   니가 언니는 아니잖여.

둘째아들(E)   히힛.

큰아들(E)   왜? 우리 오빠라고 불린게 좋으냐?

둘째아들(E)   좋제. 대한민국 판사가 나더러 오빠라는디. 그것도 우리 오빠. 히힛.

큰아들(E)   아따, 미친놈. 니는 여그 유치장이 체질인갑다. 아유, 저리 가야. 좁구만.

둘째아들(E)   이렇게 붙어 있어야 따숩제.

큰아들(E)   으메, 미친놈. 저리 안 가냐.

투닥거리는 두 사람의 소리 점점 작게 들린다.

2장 병실 내부

같은 날 밤, 아무도 없는 병실에 할머니만 홀로 병상에 누워 있다. 이때, 박 할머니 조용히 일어나 침상에 앉는다. 머리를 매만지더니 천천히 일어나 무대 중앙에 선다.

박 할머니   아야, 판사님아. 큰일 하는데 엄마가 네 얼라라도 키워주고 싶었다잉. 우리 손주가 초등학교 들어갈 때까지, 그때까지만이라도 살고 싶었어. 그런데, 내가 없는 것이 너희에게 도움이 된다니 이제는 가도 되겠지야. 살아도 살아도 끝나지 않을 것 같은 인생의 여정이 이렇게 한순간에 끝나게 될지는 참말로 몰랐당께. 그래도 석 달간 너희들과 함께 있음서 느그들 우애 좋게 사는 거 보고 가니께 참말로 내 마음이 좋다. 너희 넷이 잘나면 잘난 대로 못나면 못난 대로 내 마음에는 똑같은 자식이여. 그라고, 다들 함께 있었응께 우리가 살 수 있었제, 우리 중 누구 하나라도 없어 봐. 오늘날 우리 식구가 맘 편하니 잘 살 수 있었다냐. 하늘 아래 우리들은 하나인 것이여. 그라고, 이제 내 걱정은 말아라잉. 내가 가는 곳이 편하제. 나는 여그 남아 있는 느그들이 더 걱정이다.

아야, 라면 같은 거 많이 묵지 말고 뜨끈한 국물에 꼭 밥 끓여 먹어라잉. 고것이 사람 몸에 이로운 것이여. 길 건널 때는 항상 차 조심허고. 알았지야? 그럼, 엄니 이제 참말로 간다잉.

허공을 향해 손을 흔들어 보이고는 편안한 모습으로 무대 뒤로 퇴장한다.

(E) 그 위로 들리는 기계음. 삐이익---

〈에필로그〉

무대에는 막내아들과 함께 놀아 주는 큰아들의 모습이 보인다. 이때, 딸과 둘째아들이 함께 밥상을 들고 들어온다.

막내아들   와아! 내가 제일 좋아하는 매생이 돼지고기 덖음이다!

큰아들   아따, 우리 막둥이가 제일로 좋아하는구먼. 막둥아, 엄니가 맹글어 주는 이 매생이 돼지고기 덖음이 좋으냐, 그저께 작은형이 사준 짜장면이 좋으냐?

막내아들   나는 우리 엄니가 만들어 주는 이 돼지고기 덖음이 더 좋당께. 짜장면은 순분이네 중국집에 가면 먹을 수 있자네. 근디 요것은 우리 엄니가 아니면 이 맛을 낼 수 없은께.

둘째아들   으메, 지 고추만 한 놈이 맛은 알아갖고. 이 형님 잘 봐라잉. 매생이 밥 한 숟가락에 엄니가 만든 어리굴젓을 척 하고 얹어 갖고야, 한입 먹으면! (한 술 입에 넣고는) 웜마! 여기가 무릉도원이구마잉.

150

가족들 모두 크게 웃는다. 박 할머니가 밥통을 들고 무대 중앙으로 들어온다.

딸	나는 엄니가 해준 매생이 찜이 겁나게 맛있든디. 엄니, 고것은 어찌 만든다요?
박 할머니	매생이 찜이야? 찜이 뭐 별거 있다냐. 갖은 양념 넣고 참기름 거짓깔로 치고잉 조물조물 해갖고. 그라면 보들보들하제.
딸	그 보들보들한 놈을 한 숟갈 떠서 입에 넣으면. 그 식감이야, 구렁이가 처녀 허리를 휘휘 감듯이 혀를 휘어 감아 버린당께.
큰아들	으메, 막둥아. 느그 누나가 말을 징하게 맛깔나게 해 분다잉. 저 말빨. 느그 누나는 필시 판검사가 될 것이여.

배경음악 커지면서 등장인물들의 대화 소리 점점 작게 들린다.

박 할머니	판검사뿐이냐, 대통령은 왜 못 한다냐.
딸	그라제. 내가 엄니 닮아 무쟈게 똑똑하긴 하제.
막내아들	여자도 대통령 할 수 있당가?
둘째아들	잉. 느그 누나라면 할 수 있을 것이여. 저 눈 봐라. 저 매서운 눈. (진저리치며) 어휴 무서.
딸	뭣이여! 엄니, 작은오빠가 또 내 눈 가지고 놀려라.

가족들 크게 웃는 가운데, 서로에게 음식을 권하면서 장난치느라 시끌벅

적하다. 행복한 가족들의 얼굴 위로 무대 조명 서서히 어두워진다.

2020년作

새순

새순

희곡 콘셉트

1980년 5월 광주. 평범한 고등학생 달래와 행진 쌍둥이 남매는 서울에서 배낭여행을 온 대학생 상철과 형준을 만난다. 달래와 행진은 묵을 곳을 찾는 상철과 형준을 집으로 데려가 즐거운 한때를 보내게 된다. 그것이 그들의 마지막 밤인 줄도 모른 채.

희곡 작의

필자가 초, 중, 고를 다닐 때에는 '5.18광주민주화운동'을 '광주사태'라 배웠다. 왜냐하면, 당시 전두환 신군부 정권이 그것을 '폭도'들에 의한 폭동으로 규정했기 때문이다. 이 잘못된 세뇌는 5.18진상조사단의 발표가 있은 이후에도 상흔으로 남아 광주시민들을 아프게 했다. 그러나, 이러한 아픔에도 불구하고 오늘날 우리가 매해, 매 순간 5.18광주민주화운동의 정신을 예술과 문학 등으로 재현해야 하는 이유는 그날의 참혹했던 기억이 민주주의란 국민 스스로의 힘으로 지켜 나가야 할 생명임을 말하고 있기 때문이다. 유네스코가 5.18광주민주화운동을 세계를 아우르는 기록 문화유산으로 지정한 것에서도 알 수 있듯이 군부독재에 시달리고 있는 미얀마에 강력한 민주주의 정신으로 전달되고 있음은 이미 알려진 사실이다.

1980년 5월 18일, 그날의 광주시민은 폭도가 아니었다. 그들은 자신과 가족 그리고 이웃과 형제를 지키기 위해 정부의 공권력과 어용 언론에 맞서 용감히 싸운 영웅들이었다. 이제 필자는 오랜 세월 '폭도'라 오해받고 사지로 내몰렸던 시민들이 어떻게 시민군이 되었는지 그 탄생의 날을 돌아보고자 한다. 더불어 '국립 5.18민주묘지' 한 구석에 이름도 없이 자리하고 있는 행불자들의 가슴 아픈 넋을 위로하고자 한다. 해서 극을 〈시민군의 탄생과 행불자의 위령〉을 중심으로 구성하였다.

5.18 그날의 광주가 오늘날 반드시 회상되어야 하는 또 다른 이유는 그 기억을 통해 현재의 우리가 누구인지 정체성을 바로 세우기 위함이다. 또한 민주주의의 불씨가 된 5.18의 참혹했던 기억을 회상함으로써 다음 세대가 역사의 '새순'으로 자라날 것임을 기대하기 때문이다. 이에, 1980년 5월 18일, 죽음을 불사하는 광주시민의 숭고한 저항은 폭동이 아닌 참된 민주주의 혁명으로 계승되어야 함을 「새순」에 담아 세계에 전한다.

* 역사성을 훼손하지 않기 위하여 5.18진상조사 이후로 발행된 것만을 참고문헌으로 활용했으며, 문헌의 내용이 광주광역시 〈5.18민주화운동 기록관〉에 소장된 기록과 일치하는지 찾아가 대조하는 작업을 거쳤음을 밝힌다.

전 5막 8장

때: 과거_1980년 5월 / 현재_2023년 5월

곳: 광주시

나오는 사람들

진달래(고3_19세) / 진달래(시인_62세)

진행진(고3_19세)

김상철(대학생_20세) / 김상철(진달래 남편_63세)

이형준(대학생_20세)

시민군대표(남_30대)

시민군 1, 2, 3 외 다수(남녀)

쫓기는 대학생(여)

쫓기는 대학생(남)

시민 1(남_35세)

시민 2(여_43세)

시민 3(여_21세)

시민 4(남_16세)

농아인 김재식(남_34세)

김재식의 아내(여_32세)

김재식의 이모(여_73세)

허은철(남_19세)

허은철의 친구 민식(남_19세)

허은철의 친구 명길(남_19세)

계엄사령관(남_50대)

공수부대 대령(남_40대)

공수부대원 1, 2, 3, 4, 5(남_20대)

달래와 상철의 아들 김민주(남_20대)

달래와 상철의 딸 김주의(여_20대)

뉴스 아나운서 목소리(남)

계엄군 확성기 목소리(여)

1막

1막 1장

때: 1980년 5월 25일

장소: 전남 도청 앞 광장

등장인물: 시민군 대표, 시민군 다수

무대는 전남 도청 앞 광장이다. 광장 앞 전일빌딩을 비롯한 건물 곳곳에 빨간 글씨의 현수막이 걸려 있다. 현수막에는 '전두환은 물러가라', '비상계엄 해제하라', '형제에게 칼부림이 웬 말이냐', '김대중을 석방하라' 등의 문구가 적혀 있다.

'임을 위한 행진곡'이 들리면 시민군 다수가 무대 뒤 그림자로 나타난다. 시민군 대표 무대 중앙으로 등장한다. 1980년 5월 27일 당시 시민군들이 발표한 성명 「**우리는 왜 총을 들 수밖에 없었는가?**」를 낭독한다. 낭독문 말미로 갈수록 총성이 점점 크게 들린다.

시민군 대표   먼저 이 고장과 민주주의를 수호하기 위해 피를 흘리며 싸우다 목숨을 바친 시민, 학생들의 명복을 빕니다. 우리는 왜 총을 들 수밖에 없었는가? 그 대답은 너무나 간단합니다. 너무나 무자비한 만행을 더 이상 보고 있을 수만 없어서 너도나도 총을 들고 나섰던 것입니다. 본인이 알기로는 우리 학생들과 시민들은 과도정부의 중대 발표와 또 자제하고 관망하라는 말을 듣고 학생들은 17일부터 학업에, 시민들은 생업에 종사하고 있습니다. 그러나 정부 당국에서는 17일 야간에 계엄령을 확대 선포하고 일부 학생과 민주 인사, 정치인을 도저히 믿을 수 없는 구실로 불법 연행했습니다. 이에 우리 시민 모두는 의아해했습니다. 또한 18일 아침에 각 학교에 공수부대를 투입하고 이에 반발하는 학생들에게 대검을 꽂고 "돌격 앞으로!"를 감행하였고 이에 우리 학생들은 다시 거리로 뛰쳐나와 정부 당국의 불법 처사를 규탄하였던 것입니다.

그러나 아! 이럴 수가 있단 말입니까? 계엄 당국은 18일 오후부터 공수부대를 투입하여 시내 곳곳에서 학생, 젊은이들에게 무차별 살상을 자행하였으니. 아! 설마! 설마! 설마 했던 일들이 벌어졌으니 우리의 부모 형제들이 무참히 대검에 찔리고 귀를 잘리고 연약한 아녀자들이 젖가슴을 찔리고, 참으로 입으로 말할 수 없는 무자비하고도 잔인한 만행이 저질러졌습니다.[1]

---

1 이하, 원문 "또한 나중에 알고 보니 군 당국은 계획적으로 경상도 출신 7공수병들로 구성하여 이들에게 지역감정을 충동질하였으며, 더구나 이놈들은 3일씩이나 굶기고, 더군다나 술과 홍분제를 복용시켰다고 합니다."는 생략하였다. 노영기에 따르면

시민 여러분! 너무나 경악스러운 또 하나의 사실은 20일 밤부터 계엄 당국은 발포 명령을 내려 무차별 발포를 시작했다는 것입니다. 이 고장을 지키고자 이 자리에 모이신 민주시민 여러분! 그런 상황에서 우리가 할 수 있는 일이 무엇이겠습니까? 우리가 어떻게 해야 되겠습니까? 묻고 싶습니다! 우리는 더 이상 당할 수만은 없습니다. 그런데도 정부와 언론에서는 계속 시민군을 불순배 폭도로 몰고 있습니다.

여러분! 잔인무도한 만행을 일삼았던 계엄군이 폭도입니까? 이 고장을 지키겠다고 나선 우리 시민군이 폭도입니까? 아닙니다! 그런데도 당국에서는 계속 허위 사실을 날조 유포하는 데 혈안이 되어 있습니다.

시민 여러분, 우리 시민군은 온갖 방해에도 불구하고 여러분의 안전을 끝까지 지킬 것입니다. 또한 협상이 올바른 방향으로 진행되면 우리는 즉각 총을 놓겠습니다. 일부에서는 우리 시민군에 대한 오해가 많은 것 같습니다. 그러나 우리 시민군은 절대로 시민 여러분을 괴롭히지 않습니다.

민주시민 여러분! 우리 시민군을 절대 믿어주시고 적극

이 부분은 유언비어라고 한다. 노영기, 「그들이 5.18」, 푸른역사(2020), 298. 즉, 이 성명서의 핵심 내용은 사실을 왜곡하고 정부와 언론에 대한 규탄이었다. 그 핵심을 전달하는 데 극의 초점을 맞추고자 원문 "또한 나중에 알고 보니……"는 생략하였다.

협조해 주시기 바랍니다.[2]

시민군 대표	여러분! 함께 외칩시다! 전두환은 물러가라!
시민군 다수	전두환은 물러가라!
시민군 대표	비상계엄 해제하라!
시민군 다수	비상계엄 해제하라!
시민군 대표	광주 시민에게 민주주의를!
시민군 다수	광주 시민에게 민주주의를!

시민군의 싸이렌 소리 길게 들린다. 이후 확성기를 통해 여성의 목소리 들린다.

시민군(여)　　광주 시민 여러분, 광주 시민 여러분! 계엄군이 광주로 쳐들어오고 있습니다. 계엄군이 광주로 쳐들어오고 있습니다.

이때 소나기처럼 쏟아지는 포화 속에 무대 뒤 그림자로 보이는 시민군들 비명 지르며 하나, 둘 이내 모두 쓰러져 간다.
시민군 대표 마지막까지 "광주 시민에게 민주주의를!"을 외치면서 여러 발의 총에 맞고 자리에 쓰러진다. '임을 위한 행진곡'이 점점 크게 들리면서 조명 서서히 어두워진다.

2　이하 원문 "감사합니다. 1980년 5월 25일 시민군 일동"은 극의 전개상 생략하였다.

1막 2장

때: 1980년 5월 17일, 오후

장소: 전남 도청 앞 금남로

등장인물: 고등학생 진달래(여), 진행진(남), 이형준(대학생 남), 김상철
(대학생 남), 농아인 김재식(남), 김재식의 아내와 갓난아기, 김
재식의 이모, 허은철(고등학생 남), 허은철의 친구 민식, 명길,
시민 1(남), 시민 2(여)

농아인 김재식의 가족이 친척 이모와 무대 중앙에 나와 작별 인사를 나누
고 있다. 김재화의 아내는 수화를 하면서 동시에 이모에게 말로 옮긴다.

김재식	(수화로) 얼른 모셔다 드리고 올게.
김재식의 아내	(수화와 대사로) 조심히 다녀와요.
김재식	(수화로) 광주 전체가 어수선하니까 대문 단속 잘하고 절대 집에서 나오지 말고!
이모	아그는 담에 봐도 되는디, 무담시 내가 와갖꼬 느그들이 고생이다.
김재식의 아내	(수화와 대사로) 아니어라. 이모님은 이 사람헌티 부모님 이나 마찬가진디요. 손주 백일잉께 당연히 오서야지라.
이모	에휴, 시절이 하 수상하니 걱정이 돼서 안 그라냐.
김재식	(수화로) 어서 들어가.
김재식의 아내	(수화와 대사로) 그럼, 이모님 잘 모셔다 드리고, 너무 늦 으면 그냥 자고 내일 날 밝을 때 오소. 응?

164

김재식	(아내 등에 업힌 아기를 보면서 흡족해서 수화로) 우리 아들을 두고 어찌 자고 와?
이모	그래 그래, 어여 아그랑 들어가거라.
김재식의 아내	네, 살펴 가셔요.

김재식과 그의 이모가 앞서고 그 뒤를 김재식의 아내가 따라가며 퇴장한다. 무대 반대편에서 대학생 이형준과 김상철이 등장한다. 서울서 대학을 다니는 형준과 상철은 전국을 순회하는 무전여행 중이라 등에 커다란 배낭을 메고 있다. 둘은 작은 크기의 지도책을 들고 금남로를 찾고 있다. 이때 무대 반대편에서 진달래와 진행진 쌍둥이 남매가 고등학생 교복을 입고 등장한다.

상철	저기요!
달래	(주위를 둘러보더니) 저요?
상철	우리가 여행 중인데, 금남로를 찾고 있거든요.
행진	(달래 앞으로 서면서) 금남로라고라?
형준	(지도책을 펴 보이면서) 여기 근처 어디가 금남로라고 지도에 나와 있어서요.
행진	(발아래를 가리키며) 여그가 바로 거그여.
형준	여그가 거그? (상철을 향해 작은 목소리로) 지금 이거 영 어냐?
행진	아따, 같은 대한민국 사람이 어째 말귀를 못 알아듣는다요. 달래야, 니가 말씀드려라.

달래   (발아래를 가리키며) Here and (지도책을 가리키며) there the same, same.

말을 마친 달래와 행진, 자랑스러운 듯 서로 하이파이브를 한다.

상철   아하! 여기가 금남로다 이 말이죠?
달래   (콩글리쉬 억양으로) 댓츠 라잇! 유아 눈치 백 단.
형준   저 친구는 미국에서 살다 왔나 보다.
달래   지는 광주 대인동 토박인디요.

상철과 형준은 터져 나오는 웃음을 참으면서 대화를 이어 나간다.

상철   저희는 대학생인데요, 서울에서 왔어요. 광주는 처음이라 우선 광주 시내에 숙소를 잡고 금남로부터 돌아보자 하고 있어요. 금남로에 묵을 만한 숙소가 많다고……

그때, 교련복을 입은 고등학생 허은철이 친구들과 함께 등장한다. 은철의 친구 둘이 그의 가방을 장난스럽게 서로에게 던지고 받으면서 달래 일행 주위를 한 바퀴 돈다. 이에 달래 일행은 머리 위로 날아드는 가방을 피하느라 대화를 이어가기 어렵다.

허은철   야! 이 자슥들, 언능 줘야!
민식   아야, 맹길아잉! 금남로 빵집까지 은철이헌테 가방 안

166

	뺏기고 가면 오늘 맹길 이 니 빵값은 내가 내께잉.
달래	여기는 금남로고요, 저그 아래 내려가면 충장로라고 있는디……
명길	(허은철에게 가방을 뺏길 뻔한다) 웜메! 하마터면 뺏길 뻔했네!
상철	(목소리 높여서) 충정로요?
달래	(목소리 높여서) 충정로가 아니고 충장로라고라.
상철	충장로요?
허은철	내뵈야! 이 자슥들 잡히면 죽는다잉!
민식	으메! 열아홉 꽃다운 나이에 불알친구 은철이 손에 죽게 생겼네이!
달래	(큰 소리로) 네, 불알이요! 오메메! 이게 뭔 소리다냐! (때릴 것처럼 남학생들에게 달겨들면서) 느그들 쩌리 안 가냐!
명길	아따, 가시나! 성깔 있네.
진행	뭣이여! 너 시방 내 동생한테 찝쩍였냐?
허은철	(명길 손에 든 자신의 가방을 낚아채며) 아싸! 제일 늦게 오는 놈이 빵 다 사는기다잉! 나 먼저 간다잉!
명길	저저! 아따! 이 가시나 때문에. 니 나중에 보자잉.

명길과 민식은 달래 일행을 흘겨보면서 바삐 허은철을 쫓아 나간다.

| 달래 | 나중에 보자는 놈 하나 안 무섭다! 흥! |

상철	나는 김상철이라고 해요.
형준	나는 이형준. 그쪽은?
행진	지는 진행진이요. (제자리에서 행진하는 동작한다)
달래	앞으로 행진! 할 때 행진. 지는 달래요. 진달래.
	(지도책 보면서) 아까 여그가 금남로고, 여그 보면……

달래와 행진은 상철과 형준에게 지도에 나와 있는 길을 설명해주고 있다.
이때, 명길과 민식이 퇴장한 반대편에서 시민 1과 시민 2 등장한다. 이들
은 무엇인가 조심스럽게 이야기를 나누며 걷는다.

시민 1	공수부대에 말뚝 박은 잘 아는 형님이 계신디요, 요새 부
	대 내에서 '충정훈련'만 디립다 시킨다누만요.
시민 2	군인은 다 같은 군인 아녀? 공수부대는 머고, 충정훈련
	은 또 머대?
시민 1	공수부대는요, (주위를 돌아보다가) 적 후방에 침투해서
	사람들 싹 다 죽여뿔고, 건물이고 비행기고 보이는 대로
	아주 박살을 내는 무시무시한 군인들이어라.
시민 2	아하! 그라믄 충정훈련은 머당가?
시민 1	지들 말로는 충정훈련이라 하는데, 실은 폭동 진압 훈련
	이라더만요.
시민 2	폭동?
시민 1	빨갱이들이 막 깡패놈들 시켜갖고 나라 망쳐불 게 난동
	피우는 거 말이어라.

시민 2	근디, 시방 데모는 학생들이 하지 않는감? 언제 빨갱이 고 깡패고 그런 놈들이 데모를 했디야?
시민 1	아따, 아줌니도 깝깝허요. 전두환이 그놈이 정권 잡을라 고 무담시 대학생 아그들헌티 뒤집어씌우는 거 아니것소.
시민 2	(화들짝 놀라 소리 죽이며) 조용히 혀. 누가 들으면 워쩔 려고 그랴.
시민 1	(주위를 살피면서 작은 소리로) 제가 광주에 사는 걸 아 니까, 그 형님이 가족들 데리고 몇 달만 다른 곳에 가 있 는 게 좋을 것 같다고 그럽디다.
	스흡… 아무래도 조짐이 좋지 않은 게 아짐도 우선 며칠 은 문 꼭 잠그고 집 안에만 있으시요잉.
시민 2	그럼, 우리 딸 핵교는 어쩌고, 우리 가게는 어쩐디야. 가 게 하루 공쳐불면 손해가 얼만디.
시민 1	시방 그깟 돈 몇 푼이 문제가 아니랑께요.

그때 대학생들이 외치는 "비상계엄 철폐하라." "김대중을 석방하라."는 시위 구호가 들려온다.

시민 2	하긴, 대학생 아그들이 맨날 저러고 있으니, 군대가 광주 에 들어온다는 말도 헛말은 아닐 것이여 잉?
시민 1	그라게요. 아짐도 어서 들어가셔라.
시민 2	그려, 이씨도 조심히 들어가고.

"비상계엄 철폐하라." "전두환은 물러가라." "김대중을 석방하라."는 대학생들의 시위 소리 더 크게 들려온다. 달래는 어수선한 분위기에 상철과 형준이 걱정되는 모습이다. 행진도 두리번거리며 주위를 살핀다.

달래   (결심한 듯) 에이, 글지 말고 우리 집으로 갑시다. 우리 아부지랑 엄니가 그리 박한 분들은 아니신께. (행진을 쳐다본다)

행진   그랍시다. 제 방이 좀 좁기는 해도 남자 셋이서 자기엔 무리가 없어라.

형준   아, 이렇게 또 하늘이 우리를 도우시네.

상철   그럼, 염치를 불구해 버리고, 하룻밤 신세 지겠습니다.

행진   아따, 그라고 한 살 많으면 성님인께 말씀 편하게 하시요.

상철   고맙다. 행진아. 달래도 고맙고.

시위대의 구호 소리가 계속 들려오는 가운데, 행진이 상철과 형준을 데리고 황급히 퇴장한다. 그것도 모르고 달래는 부끄러운 듯 몸을 배배 꼬면서 상철에게 대답하고 있다.

달래   뭘요, 오빠. (뒤돌아보면 아무도 없다) 행진이 으이그 이눔의 자슥을 내가 그냥! (콧소리를 내며 어색한 서울 말투로) 오빠, 함께 가 보아요!

달래, 일행을 따라 퇴장한다.

2막

2막 1장

때: 1980년 5월 17일, 밤

장소: 달래와 행진의 집

등장인물: 달래, 행진, 형준, 상철, 달래와 행진의 어머니, 아버지

행진이 형준과 상철과 함께 마당 가운데 펴놓은 평상 위에서 저녁 식사를 막 마친 모습이다. 형준은 배가 부른지 배를 쓰다듬고 앉아 있고, 상철은 숭늉을 들이키고 있다.

행진	성들 맛나게 묵었소?
상철	캬, 바로 이 맛이지!
형준	시골밥상!
행진	아따, 서울 사람들은 서울만 아님 죄다 시골인 줄 아는 갑소.
형준	아… 미안. 그게 아니라 서울 아님 다 시골이라고 부르는 게 습관이 돼서.

마침 달래가 부엌에서 무대로 나온다.

달래　　　광주는 엄연히 시여라, 도시!

분위기가 어색해진다. 짧은 시간 동안 서로 눈치 보더니 상철이 말문을 연다.

상철　　　달래야, 너는 장래 꿈이 뭐야?

달래　　　지요? (조신하게) 지는요…

행진　　　달래는 시인이 꿈이어라. 밤낮 되도 않는 시를 지어갖고
　　　　　　시집을 낸다고 노트까정 맹글고, 아무튼 가시나들은 유
　　　　　　난스럽당께.

달래　　　여그 니한테 가시나라고 불릴 사람이 어디 있냐?

형준　　　달래!

상철　　　빙고!

달래　　　(볼멘소리로) 행진이가 지보다 삼 분 늦게 나왔당께요.
　　　　　　긍께 지가 자 누나란 말이여.

상철　　　(달래의 눈치를 보면서) 아하, 달래가 누나구나. 달래야, 나
　　　　　　도 대학에서 문학 써클 멤버거든. 그래서 시에 관심이 많아.

달래　　　참말로요? 지는 지 말고 시에 관심 있다는 사람은 처음
　　　　　　보요잉… (서울 말투로) 처음 보아요.

형준　　　난 개인적으로 문학의 정수는 '시'라고 생각해. 대부분
　　　　　　시인들은 천재 아닌가.

달래　　　(혼잣말로) 아… 그럼 내가 천재!

상철	밥도 배불리 먹었겠다, 소화도 시킬 겸 우리 넷이서 시 한번 지어볼까?
행진	나는 그만 들어가 잘란다.
형준	(행진을 뒤에서 잡아끌면서) 어딜 가서. 행진이가 빠지면 쨈이 없지.
행진	하긴 쨈이 없으면 빵을 먼 맛으로 먹는다요. 헤헤.
상철	그럼 달래가 제목을 정해봐. 각자 한 연씩 싯구를 이어가 보자.

달래, 옆에 놓인 자신의 시노트를 뒤적인다. 잠시 생각하는가 싶더니, 마음을 정한 듯 노트를 덮는다.

달래	제목은 새순이고요, 첫 연은 지가 지어 놓은 것이 있어서 이걸로 할게라. 제목「새순」, 지은이 진달래, 진행진, 이형준, 김상철.
행진	머여? 나도 시인이여?
상철	쉿!

달래

어머니 대지는 말했다.

사랑하는 아이야,

겨울바람이 매서우니 땅속 깊숙이 들어오렴.

씨앗은 어머니 대지의 따뜻한 품을 파고들었다.

상철

어머니 대지는 또 말했다.

사랑하는 아이야,

어미가 주는 양분을 받아먹어 보지 않을래?

씨앗은 어머니 대지가 내어주는 양분을 온몸으로 빨아들였다.

행진

그리고 어머니 대지가 들려주는 이야기를 양분 삼아

추운 겨우내 무럭무럭 뿌리를 길러내었다.

행진은 자신의 차례를 넘겨 다행이다 싶어 혀를 내밀고 평상 위에서 소리 없이 표정으로 발광을 한다. 하지만 여전히 어색해 죽겠는지 평상 위에 엎어져 있다.

형준

어머니 대지가 들려주던 이야기는

소문이 되어 온 세상에 퍼져나갔고,

어머니 대지가 들려주던 이야기는

불길이 되어 우리 가슴을 뜨겁게 달구었다.

상철

어느덧, 소문은 날실이 되고

불길은 씨실이 되어

이 나라의 민주주의 역사를 짜지었다.

행진은 형준과 상철의 현란한 언변에 기가 죽어 그들이 싯구를 지어내는 동안 내내 눈을 동그랗게 뜨기도 하고, 옷자락을 입에 물기도 한다.

행진	달래야, 니가 내 대신해라이. 아따, 성들은. 갑자기 그렇게 수준이 하늘로 올라가 부요.
상철	그래, 달래가 장래 꿈이 시인이라고 했으니까, 네가 멋있게 마무리 지어 봐.
형준	오호, 기대된다. 시인 진달래!
달래	(눈치 보다가 갑자기 큰 소리로) 아아! 대한민국의 아들, 딸들이여!
행진	얼쑤!
달래	아아아아! (좀처럼 생각이 떠오르지 않는 듯 좀 더 높은 톤으로) 아아아아아!
행진	그니께 아아! 그담은 머시냐고.
달래	(진행이 등짝을 때리면서) 니 다리 아래, 아아! 내 엄지 발꾸락아아아아! (손가락에 침을 묻혀 코끝에 바르면서) 쥐가 난다. 흠미, 내 발꾸락아!
행진	아따, 가시나. 꼭 못 하겠으면 내 핑계여.
달래	누나라 했지. 내가 너보다 삼 분 먼저 태어났다고!
상철	(두 사람 사이에 들어가 말리면서) 그럼, 달래가 마지막

	을 완성해서 우리가 광주 떠날 때 그때, 들려주라.
달래	(조신하게 노트를 덮는다) 네.
행진	(달래를 놀리려 따라 하면서) 네에.

달래가 행진을 째려보자, 행진은 엉덩이를 밀며 상철 뒤로 숨는다. 마침 달래와 행진의 어머니와 아버지 무대 위로 등장한다. 아버지 손에는 찐 옥수수를 한가득 담은 그릇이 들려 있다.

아버지	(옥수수 그릇을 내려놓으며) 찬이 없어서 배불리 먹었는지 모르겠네잉.
어머니	서울 아그들은 사라다인가 머시기 그런 거 먹제?
상철	아닙니다. (배를 쓰다듬어 보이면서) 아주 맛있게 많이 먹었어요.
어머니	서울 아그라 말도 곱게 하네잉.
형준	저희가 강철도 씹어먹는다는 스무 살 아닙니까. (옥수수를 한입 베어 문 채)
	캬! 옥수수도 참말로 맛나당께요.

모두 형준의 서툰 사투리에 크게 웃는다. 그때, 멀리서 두 발의 총소리가 들려온다.

총소리	탕! 탕!

176

모두들 총소리에 놀라 갖가지 동작을 취하고 있다. 그리고 나서 총소리가 났던 방향으로 천천히 모두 고개를 돌린다. 암전.

2막 2장

때: 1980년 5월 17일, 밤

장소: 계엄사령부, 광주시 거리 공수부대 임시막사

등장인물: 계엄사령관, 공수부대 대령, 공수부대원 1, 2, 김재식, 허은철

어둠 속에서 전화벨이 울린다. 조명이 무대 양 끝에 들어오면 공수부대 장교와 계엄사령관 각각 무대 양쪽에 자리하고 있다. 공수부대 대령이 전화 받는다.

대령	(듣는다. 곧 자리에서 벌떡 일어선다) 충성!
계엄사령관	내가 속이 터져서 말이야. 전 가용 작전부대 투입하라는 말 뭔 말인지 몰라? 공수부대 시내에 출동시키고, 주모자 체포하란 말이 그렇게 어렵나?
대령	아닙니다. 명령 받들겠습니다!
계엄사령관	포고령 위반자는 가용수단 총동원해서 엄중 처리하도록! 무슨 말인지 알아들어?
대령	네! 명령 받들겠습니다!
계엄사령관	지금부터 광주에 있는 계엄군은 광주 시내에서 발생하는 모든 시위를 강경하게 진압할 것을 명령한다.

대령	대학생들이 딱히 무력을 써서 시위를 하는 것도 아닌데, 이유 없이 강경 진압하기가 쉽지 않습니다. 기자들 보는 눈도 있고, 해외 언론사 기자들도 이미 광주에 들어와 있는 거 같습니다.
계엄사령관	야, 이 돌대가리 새끼야! 이 새끼 정신 상태가 글러 먹었구만. 너 다시 베트남으로 보내 줘? 베트남에서 베트콩들 학살하던 기개는 어디에 말아 처먹은 거야?
대령	아닙니다. 시정하겠습니다!
계엄사령관	지금 광주에서 일어나는 시위는 단순 시위가 아니야! 이건 국가 전복을 꾀하는 세력의 폭동이라고!
대령	(관객들을 향해) 대학생들과 시민들이 폭도라고?
계엄사령관	폭도는 최후의 일인까지 추격하여 타격 및 체포하도록! 반항하는 새끼들은 모조리 사살해!
대령	명령 받들겠습니다! 충성!

계엄사령관 쪽 조명 꺼지면 퇴장한다. 무대 위 전체 조명 켜지면, 대령은 수화기를 내려놓는다.

대령	에이, 씨발 새끼. 나중에 강경 진압했다고 나한테 다 뒤집어씌우기만 해 봐. 나도 혼자 죽지는 않을 테니까. 뭔가 다른 꿍꿍이가 있는 것 같단 말이야. 엄연히 시위진압에 관한 매뉴얼이 있는데 광주만 갑자기 단호히 조치하겠다?

그나저나 데모하는 대학생들, 광주 시민들 모두 폭도로 몰아서 강경 진압하려면 85만 광주 시민을 어디에 다 잡아 넣을 거야? 문어대가리 같은 새끼.

그때, 낮에 금남로에 있던 농아자 김재식과 교련복을 입은 허은철이 공수부대원 두 명에게 잡혀 끌려 나온다. 두 사람 모두 이미 심하게 맞아 머리와 얼굴에 피가 흥건한 모습이다.

대령   이 새끼들은 뭐야?

공수부대원 1   네! 밤 21시가 넘었는데 거리를 배회하고 있어서 취조했더니 한 놈은 고등학생이고 한 놈은 말을 하지 않았습니다.

대령   이 새끼는 왜 말을 안 해? (들고 있던 지휘봉으로 고개를 들면서) 원래 말을 못 하는 거 아니야?

공수부대원 2   (당황스럽다) 네, 그렇습니다. 몇 대 때리고 봤더니, 농아인이었습니다.

김재식   (정신이 든다. 일어나 무릎 꿇고 앉으면서 수화로) 저는 들을 수도 말할 수도 없습니다. 이모님을 모셔다 드리고 집에 가는 길이었어요.

대령   이 새끼 지금 뭐라는 거야?

공수부대원 1   잘 모르겠습니다!

대령   (말에 맞춰 김재식의 온몸을 계속 발로 차면서) 야, 이, 개새끼야! 말을 못 하고, 들리지 않으면, 집에 기어, 들어가, 나오지를 말아야지!

폭력이 가해질수록 김재식의 신음소리 옅어진다. 대령은 더더욱 열에 받쳐 공수부대원 2의 총을 빼앗아 총의 개머리판으로 김재식의 머리를 가격한다. 김재식 그 자리에 쓰러진다. 공수부대원 2는 가까이가 김재식의 상태를 살핀다.

공수부대원 2   이 새끼… 숨을 쉬지 않는 거 같습니다.

대령   상부에서 단호한 조치 명령이 떨어졌다. 이시간부로 통행금지 시간에 돌아다니는 새끼들은 모두 국가 반역을 꾀하는 불온 세력으로 간주한다. 알았나!

공수부대원 1, 2   네! 알겠습니다!

허은철   (무릎 꿇고 두 손 모아 빌면서) 선생님, 지는요 저그 광주제일고 다녀라. 야간 자율학습이 있어갖고 끝나고 집에 가는 길이었어라. 지는 아무 잘못도 없는 그냥 고등학생이랑께요.

대령   야! 이 고삐리 일으켜 세워.

공수부대원 1, 2가 허은철의 양팔을 잡아 일으켜 세운다.

대령   너는 그냥 고등학생이야?

허은철   (무릎으로 기어서 대령의 바짓가랭이를 잡고) 네, 광주제일고 3학년이어라.

대령   (힘 빼고) 가!

허은철   네?

대령	가라고.
허은철	(눈치 살피며 자리에서 일어선다) 고맙습니다. 고맙습니다. 고맙습니다.

허은철 가려고 돌아서서 첫발을 내딛는 순간, 대령이 허은철의 등 뒤에서 총을 빼들고 쏜다. 대령이 쏜 총알은 허은철의 등과 가슴을 관통하고 그의 숨통을 끊어놓는다. 허은철, 가슴을 쥐고 그 자리에 힘없이 쓰러진다. 공수부대원 1, 2 놀라 대령을 바라본다.

대령	이제부터 광주 시민으로 위장한 불온 세력들은 이렇게 처리한다. 알았나!
공수부대원 1, 2	네, 알겠습니다!
대령	사람들 눈에 잘 띄지 않는 곳에 갖다 버려!
공수부대원 1, 2	충성!

암전.

3막

3막 1장

때: 1980년 5월 18일

장소: 전남 도청 앞 금남로

등장인물: 달래, 행진, 형준, 상철, 쫓기는 대학생(여), 쫓기는 대학생(남),
        70대 할아버지, 공수부대원 1, 2, 3, 4, 5 시민군 다수

영상: 5.18 당시 금남로 영상

화면에 1980년 5월 18일 당시 금남로 영상이 뜬다. 수백 명의 대학생들이 금남로 3가의 광주 관광호텔로부터 광주우체국을 지나 충장로 쪽으로 이동하며 "계엄 철폐"를 외치며 지나간다. 그들의 손에는 "계엄 철폐, 전두환은 물러가라" 또는 "비상계엄 해제하라, 전두환은 물러가라!" 플래카드가 들려 있다. 전남대부터 시작한 대학생들의 시위가 전남 도청 앞으로 확산되고 있는 상황의 영상이다.

영상 꺼진다. 그러나 시위대의 소리는 여전히 들려오는 가운데 형준과 상철을 배웅 나온 달래와 행진이 무대 위로 등장한다. 달래는 가슴에 시노트를 안고 있다. 시위대 행렬 속에서 달래 일행은 우왕좌왕한다.

시민 목소리	군인들이 온다! 군인들이 이쪽으로 몰려온다!
달래	어쩐다냐. 집으로 돌아가는 길은 폴쌔 군인들이 다 지키고 섰는디.
행진	샛길로 돌아가면 무슨 수가 있지 안 커써?
상철	그럼 우리 여기서 갈라지자. 행진이는 이곳 지리를 잘 아니까 달래 데리고 어서 집으로 돌아가.
달래	그럼 오빠들은, 오빠들은 우짤라고 그래요?
상철	아까 지나가는 아주머니 말 못 들었어? 군인들이 가정집을 수색해서 대학생으로 보이는 청년과 여자를 죽도록 때리고 대검으로 찌르기까지 하면서 차에 실어 갔다잖아. 우리가 너희 집으로 돌아가면 너희 가족 모두가 위험해질 수 있어.
형준	상철아, 우린 저 앞에 보이는 전일빌딩에 숨어 있다가 군인들의 움직임이 잠잠해지면 광주시를 벗어나도록 하자.
상철	그러자. 행진이는 달래 데리고 어서 집으로 돌아가. 어서!
행진	성들, 몸 조심허고.

달래, 행진의 손에 이끌려 달려가다 몇 걸음 못 가서 가슴에 품고 있던 시노트 떨어뜨린다. 그때 들려오는 시민의 다급한 목소리.

시민 목소리	군인들이 온다!

달래	내 시노트! (행진의 손을 뿌리치며 시노트를 집으러 간다)

행진　　　　달래야!

달래의 손을 놓친 사이 무대 위로 쫓겨오는 대학생 남, 여가 등장한다. 이미 공수부대원들에게 맞았는지 얼굴과 옷은 피투성이다. 쫓겨 무대로 올라오는 남, 녀 사이로 달래가 끼어들어 바닥에 떨어진 시노트를 줍는다. 형준은 다급히 행진의 팔을 잡아끌고 도망하며 퇴장한다. 상철은 시노트를 가슴에 품은 달래를 끌어당겨 달래의 입을 가린 채 건물 기둥 뒤에 숨는다.

곧이어 대학생 남, 여를 잡으러 공수부대원 1, 2, 3, 4, 5가 황급히 무대 위로 등장한다. 그들 중 두 명은 하얀 바탕에 십자가가 그려진 완장을 차고 있는 것으로 보아 위생병이다. 그러나, 그들 손에도 역시 곤봉이 들려 있다. 공수부대원들은 대학생 남, 여를 발견하고 들고 있던 곤봉으로 두들겨 패기 시작한다. 공수부대원 1, 2는 대학생 남자를 곤봉과 총의 개머리판으로 내려찍는다.

공수부대원 1　　이런 빨갱이 새끼. 뒈져라! 이 개새끼.
대학생(남)　　으악! 이거 놔! 헉!
공수부대원 2　　어디 또 도망가 봐. 이 새끼야!
대학생(남)　　(쓰러져 고통스러운 듯) 으으으……
공수부대원 1　　이런 새끼는 아예 도망 못 가게 다리를 병신을 만들어야 해!

공수부대원 1, 2가 쓰러져 있는 대학생(남)의 다리를 발로 사정없이 밟는다.

대학생(남)   아아아아악! (고통을 이기지 못하고 실신한다)

공수부대원 3, 4는 여대생의 뺨을 수차례 때리고 또 때린다. 자리에 쓰러진 대학생(여)는 다시 몸을 세워 공수부대원 3, 4의 얼굴을 노려본다. 공수부대원 3, 대학생(여)의 머리채를 잡아 뒤로 젖힌다.

공수부대원 3   야, 씨발년아! 니가 그렇게 보면 어쩔 거야. 어쭈 이 쌍년이!
                    (공수부대원 4에게) 일으켜 봐.
공수부대원 4   (대학생(여)을 일으켜 세운다)
공수부대원 3   이래도 노려볼래? (발로 가슴팍을 차서 쓰러뜨린다)

공수부대원 4가 쓰러진 대학생(여)을 다시 일으키려고 하자 대학생(여)은 공수부대원 4의 얼굴에 피를 토하고 실신한다.

공수부대원 5   자, 그만하고 둘 다 트럭에 태워!
공수부대원 1, 2, 3, 4 네!

공수부대원 1, 2, 3, 4는 실신한 두 사람을 트럭에 태우기 위해 질질 끌고 나간다. 따라 나가려던 공수부대원 5, 달래가 내뱉은 작은 울음소리를 듣는다.

공부부대원 1(목소리) 다 실었습니다!
공수부대원 5   (일부러 큰 소리로) 알았다! 출발한다!

공수부대원 5, 말만 그렇게 해놓고 조심스럽게 다가가 상철의 머리에 총구를 겨눈다.

공수부대원 5　(작은 소리로) 둘 다 나와!

달래　(겁에 질려서) 우린 이 동네 사는 학생들이어라. 그냥 지나가는 길이었어라.

공수부대원 5　이 쥐새끼 같은 폭도들! (개머리판으로 달래의 머리를 친다)

달래, 그 자리에 쓰러진다.

상철　달래야!

쓰러진 달래를 온몸으로 막아서는 상철.

상철　안 돼! 이 아이는 그냥 고등학교 학생이야. 당신들이 말하는 빨갱이, 폭도 그런 게 아니라고!

공수부대원 5　그럼, 니가 폭도로구나! 이 빨갱이 새끼! (총 개머리판으로 상철의 머리와 어깨를 가격한다)

상철　아악! 으아아아아악!

심하게 맞고도 몸을 질질 끌고 달래를 막아서는 상철은 분노가 이글거리는 눈으로 공수부대원 5를 노려본다.

공수부대원 5 허허, 이 새끼 눈깔 봐라? (총을 들고 총부리에 묶여 있는 단도검을 상철의 목에 들이밀면서) 너 죽고 싶어서 환장했구나?

상철 (고통에 신음하면서도 결의에 찬 목소리로) 나는! 우리는! 폭도도 빨갱이도 아니다. 당신들이야말로 무고한 시민들을 이유 없이 죽이는 폭도 아닌가!

공수부대원 5 뭐야? 이 빨갱이 새끼! (총부리에 묶인 단검으로 찌르기 위해 총을 높이 든다)

상철 (달래의 몸을 감싸 안고 고개를 돌린다)

이때, 지나가던 시민들이 그 모습을 지켜보고 모여들기 시작한다. 시민들 중 70대 노인이 쓰러진 달래와 상철의 앞에 나선다.

노인 이보시오! 어린아이들 아니요! 학생들이 무슨 죄가 있다고 그렇게까지 패는 거요! 내가 6.25도 겪어 봤지만 적군도 아닌 학생들을 이렇게까지 잔인하게 때리는 건 처음 봤소!

이를 지켜보던 다수의 시민들이 노인과 달래, 상철 가까이로 모여들면서 한두 사람씩 목소리를 내기 시작한다.

시민군 1	노인 말씀이 맞구만이라. 우리나라 국민 지키는 군인들이 어째서 죄도 없는 어린 학생들을 백주대낮에 이렇게까지 때린다요!
시민군 2	그랑께요. 잘못이 있으면 서에 가서 조사를 하는 것이 우선이제 무기도 없는 학생들을 그라고 총으로 죽일라고 그라요!
시민들 다수	이제 갓 스무 살밖에 안 돼 보이는 어린아그들이 저렇게 맞을 죄가 있긴 하당가. 민주주의 국가에서 이런 법은 없제!

시민들 십수 명이 웅성거리며 모여들어 항의하자 공수부대원 5는 노인과 달래, 상철을 내버려 둔 채 황급히 자리를 뜬다.

공수부대원 5   에잇 씨!

공수부대원 5, 퇴장한다.

시민들 다수	얼레레! 뒤꽁무니가 빠지게 도망하는 꼴이라니. 우리가 쪽수가 많응께 무섭기는 한가 보네. 하하하하하. 호호호호호.

시민들은 쓰러져 있던 달래와 상철을 일으켜 주고 피도 닦아 주고 옷도 털어 준다.

시민군 1	괜찮당가?
상철	네, 괜찮습니다. 도와주셔서 감사합니다.
시민군 2	아이고, 얼굴은 곱상하게 생겨갖고 무섭지도 않은지 담보 있게 할 말을 잘하대. 그래도 노인 안 계셨으면 큰일 날 뻔했당께.
상철	어르신 감사합니다.
노인	그려그려.
시민군 2	(달래에게) 워메, 온 얼굴에 피칠갑을 했네. (손수건을 꺼내서 손수건에 침을 뱉어 닦아 주려 한다) 퉤!
달래	(깜짝 놀라서 상철 뒤로 숨는다) 지는 됐당께요!
시민군 2	얼레레, 내 침은 소독약이여.

모두 다 함께 웃는다.

시민 목소리	(소리치면서) 사람이 죽었다! 공수부대 총에 맞아 사람이 죽었다! 사람이 죽었다! 공수부대 총에 맞아 사람이 죽었다!

시민들에 의해 손수레에 실려 오는 두 구의 시신이 흰 천에 덮여 무대 위로 올라온다. 흰 천 위로 스며든 피가 낭자하다. 천 아래로 보이는 피 칠갑이 된 검붉은 손과 발이 보인다. 하나는 김재식의 것이고, 또 다른 하나는 교련복을 입은 허은철의 것이다. 그 옆으로 놓아인 김재식의 아내, 울고 있는 갓난아기를 업고 달래며 울고 서 있다. 뒤로는 허은철의 친구 민식과 명길

이 울면서 무대 위로 올라온다. 시민들 다수 시체 주변으로 모두 모여든다.

시민군 1 아니, 이 사람은 재식이 아니여? 재식이 얼굴이 왜 이런다요? (시신을 덮은 흰 천을 들춰보고 김재식의 발을 만져 보면서) 제수씨! 재식이가, 우리 재식이가 온몸이 성한 데 한나 없이 우째 이라고 누워 있단 말이요? 재식아! 재식아잉!

재식의 아내는 흐느낀다. 그러다 가슴을 후벼 파는 고통에 못 이겨 가슴을 치기도 하고, 가슴팍을 틀어쥐면서 목놓아 울기만 한다.

시민군 2 이것이 무슨 일이당가. 그 착한 재식이 아재가. 이 오살할 공수부대 놈들이 아무 죄 없는 사람까지. 이제 광주 시민을 싹 잡아다 죽일 모양인갑네잉.

시민군 3 (허은철의 친구 민식과 명길에게) 여그는 교련복을 입은 걸 본께 고등학생 아니여?

민식 야, 광주 제일고 3학년 허은철이어라. 야간 자율학습 마치고 집에 가는 길에… 흑흑흑…

명길 교련복 입었응께 딱 봐도 고등학생 아니어요. 근디, 은철이가 고등학생이라고 아무리 말혀도 잡아갔다니께요. 결국 이렇게… 은철아이… 흑흑…

시민군 1 참말로 우리 광주 사람들을 폭도로 몰아서 다 죽여불 심산이구먼.

이때 뉴스 아나운서의 목소리 들린다.

(E) 뉴스 아나운서(남)의 목소리(1980년 5월 당시 뉴스)

"계엄사령부는 계엄군이 오늘 오전 3시 30분부터 군병력을 광주 시내 투입해서 도청과 공원 등지에서 저항하는 무장 폭도들을 소탕하였습니다."[3]

시민들   모두 (웅성거리며) 시방 우리더러 폭도라고?

노인   세상이 미처 돌아가는구먼. 아무 죄 없는 내 가족, 내 형제가 죽어 간다, 손놓고 보고 있을 미친놈이 세상천지에 어디 있을라고!

시민들은 무고한 자신들을 폭도로 몰아 죽음으로 몰고 가는 정부와 계엄군, 어용 언론에 분노하며 일제히 일어난다.

시민군 1   우리도 이렇게 보고만 있을 것이 아니여! 국가가 선량한 국민을 잡아 죽일라고 저렇게 눈에 불을 키고 총질을 해대면 우리도 총 들고 우리 가족과 이웃을 지켜야지 않것소!

'임을 위한 행진곡' 들리는 가운데 시민군 대표 나와서 연설한다. 1막 1장과 같은 장면이다. 단, 1막 1장과 달리 시민군들 모두 총을 메고 무장하기 시작한다. 무장을 마친 시민군은 차례로 시민군 대표 뒤에서 의기충천한

---

3 원본 출처_1980년 5월 27일(광주 민중항쟁이 진압된 바로 그 당일이다!) 밤 9시에 방영된 KBS 9시 뉴스 전체 방영분, 극의 전개상 이하 생략하였다.

모습으로 함께 선다.

시민군 대표   광주시민 여러분, 우리들더러 폭도랍니다. 도대체 누가
폭도입니까. 지금까지는 학생들이 앞장서서 우리 광주
를, 아니 광주의 민주주의를 지키려고 애썼지만, 이제는
광주 시민들 모두가 나서서 우리의 부모와 가족들을 지
켜나갑시다!

시민군 모두   (총을 들거나 팔을 들면서 열렬히) 와아아아아아아아아!

우레와 같은 시민군의 함성이 메아리처럼 울리며 시민군의 탄생을 알린다.

암전.

4막

4막 1장

때: 1980년 5월 18일

장소: 광주 외곽 깊은 산 속

등장인물: 행진, 형준, 시민 1(남 35세), 시민 2(여 43세), 시민 3(여 21세),
　　　　 시민 4(남 16세), 공수부대원 1, 2, 3, 4, 5

행진과 형준은 나무 뒤에서 걸어 나온다. 그때 공수부대원 1이 트럭에서
내린다. 행진과 형준은 나무 뒤에 엎드려 몸을 숨긴다.

공수부대원 1　폭도새끼들 쫓느라 물을 한 바가지나 마셨더니 자꾸 소
　　　　　　　변이 마려워서. 금방 소변보고 올 테니 (담배 한 개비를
　　　　　　　공수부대원 2에게 건네며) 한 대 피우면서 기다리라고.

공수부대원 2　(담배 한 개비를 받아 입으로 가져가면서) 시원하게 갈
　　　　　　　기고 오서.

공수부대원 1　오케바리. (무대 구석에 가서 뒤돌아 소변을 본다) 어우,
　　　　　　　시원하다.

공수부대원 1, 볼일을 보고 트럭에 올라타기 위해 퇴장한다. 공수부대원 1이 퇴장하면 행진과 형준 무대 중앙으로 나온다.

행진　　　　여기가 어디여?

형준　　　　시내를 벗어난 외딴 산속 어디쯤이겠지.

때마침 나무 뒤에서 부스럭 소리가 난다. 형준은 땅에서 큰 나뭇가지를 주워서 소리 나는 쪽으로 조심스럽게 향한다. 행진도 나뭇가지를 주워서 형준의 뒤에 바싹 붙어 따라간다. 시민 1, 2, 3, 4 조심스럽게 등장하다가 형준과 행진 일행과 맞닥뜨린다.

시민 1, 2, 3, 4　　으악!

형준과 행진　　으악!

형준　　　　(나뭇가지로 위협하며) 누, 누구시냐! 아니, 누구세요!

시민 4　　　우리들도 공수부대 트럭 타고 여그 온 광주시민이어라.

형준과 행진　　휴우.

행진　　　　애 떨어지는 줄 알았잖여어!

시민 4　　　성은 남자가 뭔 애가 떨어진다 그라요.

형준　　　　(시민 1, 2에게) 혹시 금남로에서 서울 말씨 쓰는 남자 대학생하고 광주 사는 여고생인데, 머리를 양갈래로 이렇게 길게 딴. 노트를 가슴에 품고 있었는데.

행진　　　　달래요. 내 쌍둥이 동생 달래 못 보셨소?

형준　　　　(행진과 시민 1, 2를 번갈아 쳐다보면서) 아는 분이셔?

시민 1	니들 간 뒤로 달래랑 저그 친구 대학생이랑 죽을 뻔했어야!
시민 2	하기사 그 노인 아니었으면 그 공수부대 놈 칼에 폴째 찔려 죽었을 것이여.
형준	그럼, 제 친구랑 달래는 지금 어디에 있나요?
시민 3	전남대 병원에 있어라. 고등학생 가시나는 이마 몇 바늘 꿰매는 거 같든디.
형준	제 친구 상철이는요? 상철이는 무사하던가요?
시민 4	그 서울말 쓰는 대학생 성 말이요?
형준	응.
시민 4	그 성은 전남대 병원에 와서도 이 사람 실어나르고 저 사람 실어나름서 펄펄 날아댕기든디.
형준	날아다녀?
행진	잉. 괘얀다고.
형준	(감격스럽게) 다들 살아 있구나. 하아. 다행이다. 정말 다행이야.
시민 1	다행이긴. 시방 광주 시내에 있는 전남대 병원, 가톨릭 병원, 조선대 병원, 적십자 병원 할 것 없이 병원이란 병원은 총 맞고 칼 맞아서 죽어가는 사람들로 피바다가 됐당께.
시민 2	워메워메, 그 공수부댄가 뭔가 그 오살할 놈들이 하나밖에 없는 우리 딸 소연이를 칼로…… 지금 병원서 사경을 헤매고 있는디 나는 잡아다 여기에 버려두고. (점점 더

크고 서럽게) 위메위메, 하늘도 무심하시제. 그 어린 것
이 무슨 죄가 있다고. (자리에 철퍼덕 주저앉아서 목놓
아 서럽게 운다) 위메위메, 내 눈을 파가네! 흑흑흑…

형준과 행준, 시민 3, 4 땅바닥에 주저앉은 시민 2에게 다가와 위로한다.

시민 1   죽은 시체로 병원이 넘쳐 나는디, 관은 모지라지 태극기
로 얼굴만 포로시 덮어 놓은 사람들이 더 많다 안 했소.
아짐 딸 소연이는 치료 받았응께 괜찮을 것이요. 그라고
젊은 아그라 금방 털고 일어날 것이고.

시민 2   (눈물 훔치고 코 훌쩍이면서) 그럼, 그래야제.

시민 3   5월 18일 하룻 동안 군인허고 경찰헌티 잡혀간 사람이
다섯 트럭으로 한가득이라니께 모르긴 몰라도 한 사백
명은 실어 갔을 것이요.

형준   어디로 데리고 갔답니까?

행진   어디로 데리고 가긴. 우리처럼 산속으로 데리고 갔겠제.
다시 시내로 들어오지 못하게 말이여. (시민 1에게) 아
재요, 우리 달래랑 서울 대학생 상철이 성, 아직 병원에
있지라?

시민 4   달래 누나허고 서울 대학생 성도 헌혈한다고 줄 서 있던
디. 총상 입은 환자들 수혈해야 할 피가 부족하다고 한
께 광주 시민들이 너도 나도 헌혈을 한다고 했어라.

시민 1   아니여. 군, 경이 합작으로 무고한 광주 젊은이들을 보

이는 대로 잡아들인께 광주시민들이 확 들고 일어나서 우리 광주는 우리가 지켜야 한다믄서 도청으로 싹 다 몰려갔어야!

형준과 행진   도청으로?

암전.

5막

5막 1장

때: 2023년 현재

장소: 5.18민주광장 앞

등장인물: 시인 진달래(62세), 김상철(63세), 진행진(19세), 이형준(20세),
　　　　　사회자(여)

행진과 형준이 달려간 도청 앞, 예상대로 도청 앞 광장은 시민들로 북새통을 이루고 있는 모습이다. 행진과 형준은 흙투성이 옷에 얼굴과 몸 곳곳에 상처가 나 있는 모습이다. 두 사람은 도청 앞 광장의 분위기가 낯섦을 감지하고 주위를 둘러보고 있다.

행진	(두리번거리면서) 형, 여기가 전남 도청 앞 맞아?
형준	네가 그걸 나에게 물으면 어떡해. 광주에 사는 사람은 너잖아.
사회자(여)	이번 순서는 5.18을 기념하는 시 낭송이 있겠습니다. 올해도 시인 진달래님이 나오셔서 낭송해 주시겠습니다.
행진	저 아줌니가 시인 진달래?

이때, 60대가 된 진달래가 시를 낭송하려고 연단 위로 올라간다.

시인 진달래   제목 새순, 지은이 진달래, 진행진, 이형준, 김상철
형준   저건 우리 넷이 함께 지었던 그 시 아니야?

시인 진달래

어머니 대지는 말했다.

사랑하는 아이야,

겨울바람이 매서우니 땅속 깊숙이 들어오렴.

씨앗은 어머니 대지의 따뜻한 품을 파고들었다.

어머니 대지는 또 말했다.

사랑하는 아이야,

어미가 주는 양분을 받아먹어 보지 않을래?

씨앗은 어머니 대지가 내어주는 양분을 온몸으로 빨아들였다.

그리고 어머니 대지가 들려주는 이야기를 양분 삼아

추운 겨우내 무럭무럭 뿌리를 길러내었다.

어머니 대지가 들려주던 이야기는

소문이 되어 온 세상에 퍼져나갔고,

어머니 대지가 들려주던 이야기는

불길이 되어 우리 가슴을 뜨겁게 달구었다.

어느덧, 소문은 날실이 되고

불길은 씨실이 되어

이 나라의 민주주의 역사를 짜지었다.

행진　　　　　이거, 우리가 달래랑 함께 지었던 그 시 맞네! 맞아!

시인 진달래

아, 5.18 광주시민들이여,

그날의 그대들은 더 이상 씨앗이 아니다.

이제 그대들은 새순을 틔우는 어머니 대지로

우리 역사 속에 영원히 남으리니

시인 진달래, 형준, 행진 동시에 낭독한다.

시인 진달래, 형준, 행진

아, 5.18 광주시민들이여,

죽음도 불사하는 어머니 대지로서

오늘의 씨앗들을 민주주의의 새순으로 키워내리라.

시 낭송을 마친 형준과 행진은 어리둥절한 표정으로 서로를 바라본다.

행진　　　　　월레레! 우리가 이 시의 마지막 부분을 어찌 안다요?

형준　　　　　그러게! (머리를 감싸 안으며) 뭔가… 잘못된 것 같아.

현재 상황이 혼란스러운 형준은 머리를 감싸며 서 있고, 그 옆으로 행진이
바싹 붙어서서 두려운 표정으로 주위를 돌아본다. 암전.

5막 2장

때: 2023년 현재

장소: 5.18민주광장 앞

등장인물: 시인 진달래(62세), 김상철(63세), 진행진(19세), 이형준(20세),
　　　　 죽은 시민 1, 2, 3, 4, 영정을 든 고령의 시민 다수

영상상영: 국립 5.18민주묘지 묘역

위령무가 시작된다. '임을 위한 행진곡'이 느리고 슬픈 템포로 연주된다.
곧 흰 한복을 입은 무희가 무대 위로 등장해 위령무를 춘다.
위령무가 진행되는 도중 진달래와 김상철 그리고 고령의 광주시민들이
5.18 때 희생되었지만 그 시신조차 찾을 수 없어 행불자가 된 가족의 영정
사진을 들고 무대 위로 차례로 등장한다. 무대 한구석에서 이를 지켜보고
있는 행진과 형준의 모습 보인다.
시인 진달래와 김상철이 각각 행진과 형준의 영정사진을 들고 무대 위로
나온다.

형준	(자신의 영정사진을 보고 자리에 풀썩 주저앉는다) 헉!
행진	(형준을 붙들고) 이게 어쩐 일이당가? 왜 우리 얼굴이 저기에 있당가?

형준   (넋이 나간 듯) 그래, 우린 이미 죽은 거였어. 우린 매년
          5월 18일이 되면, 위령무의 춤사위에 이끌려 이곳에 와
          있었던 거야.

행진   그래서 우리가, 달래가 지은 시의 마지막 부분을 알고 있
          었다고? (몹시 당황하여) 아녀, 아니여! 그럴 리가 없어.
          그럴 리가.
          시민군 모두 도청으로 몰려갔다고 안 합디요. 그래서, 그
          래서 우리도 힘을 보탤라고 여그 온 것인디……
          (달래에게 다가서면서) 달래야! 달래야! 우리 여기 있당
          께. 가시나야,
          이 오빠가 안 보이냐? 안 보여?

흥분한 행진은 시인 진달래에게 다가서려 하지만, 무희가 산 자와 죽은 자
의 경계선에서 위령무를 추며 행진이 다가서는 것을 막는다. 산자의 공간
에 다가설 수 없는 행진은 자리에 무릎을 꿇고 주저앉는다. 형준이 다가와
행진을 부축한다. 그때, 행진과 형준 뒤로 죽은 시민 1, 2, 3, 4 등장한다.

형준   행진아, 이제 다 기억이 났어. 우린 43년 전 오늘 죽은 거
          였어. 그날 공수부대원들이 우리 옷을 모두 벗겨 팬티만
          입힌 채로 트럭에 태우고는 어느 인적이 드문 산속으로
          데리고 갔어.

시민 1(남_35세)

트럭에 탄 사람들 모두, 공수부대원들에게 얼매나 두들겨 맞았는지 몸뚱아리 어디 한 곳 성한 곳이 없었당께.

시민 2(여_43세)

어떤 여학생은 칼로 가슴을 베었는지 입고 있던 셔츠가 피칠갑이 되어갖고 가슴에서 셔츠 밖으로 피가 겁나게 베어나와서 젖가슴이 다 비쳐 보였당께. 챙피했겠다고야? 그런 건 생각할 여력도 없었어. 공수부대 놈들의 총, 칼 앞에 생사가 왔다갔다 헌디 챙피가 다 머당가.

시민 3(여_21세)

맞아요. 총부리에 단도검을 매달고 있던 공수부대 놈들에게는 티끌만큼의 자비도 없었어요. 그들은 마치 태어날 때부터 표정조차 없었던 사람들처럼 제 눈을 똑바로 쳐다보면서 단도검으로 제 심장을 (깊게) 푸우욱!
(마치 지금 칼이 심장에 깊숙이 꽂힌 것처럼 숨도 제대로 쉴 수 없다. 잠시후, 다시 숨을 고르고 나서) 숨이 끊어지기도 전에 파놓은 구덩이 속으로 저를 던져 버렸다구요.

시민 4(남_16세)

지는 구덩이에 버려졌을 때도 숨이 붙어 있었어라. 근디, 내 위로 한 사람, 또 한 사람 죽은 사람들이 지 위로 쌓여 버린께 그 피와 살이 뒤엉켜서 숨을 쉴 수가 없었당께요. 흑흑… 얼매나 무서웠는디요. 엄니! 지 좀 데려가유.

행진   (시민 1-4를 가리키며) 그럼, 전남대 병원서 치료받은 달래랑 상철이 봤다던 아저씨도, 열여섯 살 딸이 공수부대가 휘두른 칼에 찔려 병원에 있다던 아줌니도, 집에 가던 대학생 누나도, 중학생인 너도 모두 다 귀신이란 말이여?

시민 4   성, 성도 죽었응께 우리랑 같은 귀신이제.

행진   (슬프게 흐느낀다) 워메, 이것이 무슨 일이당가.

위령무의 음악이 점점 더 커지고 무희의 춤사위가 더욱 위태롭고 고통스럽게 보인다. 행진은 형준을 부둥켜안고 서럽게 운다. 위령무 음악이 점점 작아지면, 행진이 눈물을 훔치며 관객석을 바라보고 선다. 형준도 행진의 뒤에서 관객석을 바라본다.

행진   달래야! 아부지랑 엄니는 건강하시냐? 아부지랑 엄니가 겁나게 나를 찾았을 것인디. 하나밖에 없는 아들이라고 얼마나 귀하게 키워 주셨는디.
                (큰소리로 부른다) 엄니! 아부지! 흑흑…

위령무가 계속되는 가운데, 행진의 영정사진을 안은 진달래 앞으로 나와 관객석을 향해 선다. 진달래와 김상철은 죽은 행진과 형준의 소리를 들을 수 없다.

시인 진달래   행진아! 아부지랑 엄니는 이 나라가 네가 폭도라고, 그래서 군인들이 너를 잡아갔다 했어도 그분들은 너를 절대로 포기하지 않았어야. 매일같이 도청 앞에 나가서 내 아들은 폭도가 아니라고, 그러니 시신이라도 돌려달라고 목숨을 걸고 외치고 또 외치셨다. 국가가 네가 폭도가 아니라고 인정할 때까정 끝까지 용감하게 싸우셨어. 흑흑흑…

행진 엄니, 아부지…… 흑흑…

시인 진달래 행진아! 내가 꼭 네 시신 찾아서 엄니랑 아부지 있는 곳으로 보내 줄랑께. 조금만 더 기다려라잉. 춥고, 어둡고 그런 곳에 있더라도 조금만, 조금만 더 기다려. 내가 꼭 델로 갈랑께. 흑흑…

김상철 (형준의 영정사진을 들고 진달래 곁에 와 선다. 관객석을 향해) 형준아, 행진아! 우리 함께 지었던 시, 새순 기억하지? 달래가 약속대로 시인이 되었어. 그래서 달래와 나는 너희들과 함께 지은 시를 매해 이곳에 와서 듣는다. 너희도 듣고 있지? (울먹이며) 미안하다. 우리만 살아서 미안하다. 정말 미안해.

형준 달래야, 상철아! 우리를 잊지 않고 이렇게 매해 우리의 넋을 불러 위로해 주니 고맙다. 너희들이 43년 동안 이렇게 우리를 찾아 기억해주는 것이 우리의 죽음을 헛되지 않게 하는 거야. 내 비록 서울서 여행 왔던 타지 사람이었지만 1980년 5월 18일 그날 이후로 너희와 함께 이곳 광주에 있었으니 나도 민주주의를 일궈 낸 국민의 한 사람으로 영원히 기억해 주길 바래.

김상철	(큰 소리로 부르면서) 형준아, 행진아! 너희들의 유해를 찾아서 행불자가 아닌, 이형준으로, 진행진으로 5.18민주묘지에서 편히 쉴 수 있게, 꼭 그렇게 할게.

상철은 눈물을 닦는다. 이때, 무대 위에는 이미 달래와 상철의 아들과 딸, 민주와 주의가 올라와 있다.

김상철	민주하고 주의는 나와서 어디 계신지 모르는 행진이, 형준이 삼촌께 절들 올리거라. 또 5.18 그날에 민주주의를 위해 용감히 싸우다 돌아가신 분들 중에 그 시신이 어디에 있는지 알 수 없는 분들을 위해 너희들이 동서남북으로 한 번씩 절 올려 드려라.
민주, 주의	네!
김상철	동쪽이요!
민주, 주의	(동쪽을 향해 절한다)
김상철	서쪽이요!
민주, 주의	(서쪽을 향해 절한다)
김상철	남쪽이요!
민주, 주의	(남쪽을 향해 절한다)
김상철	북쪽이요!
민주, 주의	(북쪽을 향해 절한다)
시인 진달래	광주 시민 여러분! 43년 전, 광주 시민들의 용기백배한 항쟁이 없었다면 대한민국의 민주주의는 훨씬 늦어졌을

겁니다. 그래서 우리는 반드시 그날을 기억해야 합니다. 오늘의 우리가 누리고 있는 자유는 43년 전 광주시민들의 죽음과 맞바꾼 목숨값이니께요. 자, 이제 우리가 어머니 대지가 되어 다음 세대들을 역사의 새순으로 키워 냅시다!

힘찬 '임을 위한 행진곡'이 들려온다. 시인 진달래의 대사가 끝나면 상철은 민주와 주의와 함께 시「새순」이 적힌 흰 종이를 태워 하늘로 날려 보낸다.

시인 진달래　　(태운 종이가 날아오르면 관객석 저 먼 곳을 응시하고) 느그들이 새순이다잉. 꼭 기억하거래이. 느그들이 새 역사의 새순들이여!

무대 위에서 태워 날린 흰 종이는 무대 뒤로 펼쳐진 화면 영상으로 이어져 국립5.18민주묘지 행불자들의 묘 위를 날아다닌다. '임을 위한 행진곡'이 점점 크게 들려오는 가운데, 화면에는 국립5.18민주묘지 위로 나부끼는 태극기로 가득하다.

2023년作

갈릴리 병원

갈릴리 병원

희곡 콘셉트

경영난으로 문 닫을 위기에 처한 심장이식 전문 병원에 새로 부임하기로 한 원장이 행방불명된다. 경영난을 타개해 줄 것으로 기대했던 원장이 사라지자, 병원을 하루라도 빨리 문 닫고 헐값에 팔아 버리려는 재단 이사장과 병원 가족들은 심각한 갈등을 겪게 된다. 과연 갈릴리 병원은 회생할 수 있을까.

희곡 작의

오늘날에도 우리는 삶의 곳곳에서 예수님을 만날 수 있다. 예수님은 자혜로운 사람의 모습으로 또는 따사로운 햇살로, 때로는 풍요로움으로, 혹은 고난의 형태로 그 모습을 드러내신다.

우리의 심령은 고난받을 때 어김없이 가난해진다. 이때를 위해 성경은 심령이 가난한 자에게 복이 있다고 말씀하셨다. 이는 심령이 가난해지면 예수님을 찾게 되고, 또 그를 찾는 자에게는 세상이 줄 수 없는 평안을 주시니 그 평안으로 살아갈 수 있어서 그런 것이 아닐까. 필자도 죽을 만큼 힘든 시기의 터널을 지나왔고 여전히 다시 그 터널로 들어가는 때를 마주하곤 한다. 그럴 때마다 예수님이 고난 중에 나와 함께 계심을 믿고 있다.

노래극『갈릴리 병원』은 2014년 초연 이래로 수차례 공연을 통해 관객을 만나고 있다. 앞으로도『갈릴리 병원』이 세상 곳곳에서 공연되길 바란다. 이 공연을 통해 고난 중에도 주님이 함께 계심을 믿는다면 우리의 삶이 종국에는 축복이 됨을 널리 전하고자 한다.

전 4막 13장

때: 1990년대
곳: 서울 변두리의 병원
나오는 사람들
지씨, 예수님(남, 65)
예수님이자 새 원장이며 병원의 청소부

이광수(남, 52)
부원장

공은혜(여, 38)
현지의 엄마

김대순(여, 55)
이사장

박하민(남, 28)
심장외과 레지던트

정연우(여, 26)
간호사

장준혁(남, 35)

전문의

8, 9, 10.

전도 시스터즈 1, 2, 3 (여, 50세 이상)

정일우(남, 34)

병원의 안전요원

대령 할아버지(남, 80)

예수님을 믿지 않는 노인 환자

현지(여, 7)

공은혜의 딸

그 외

이광수의 딸 수민, 기자들 목소리 1, 2, 3

1막

1장 컴컴한 무대

스크린 자막 / On

스크린   그들은 예수님이 살아나셨다는 것과 마리아에게 보이셨
다는 것을 듣고도 믿지 아니하니라. 그 후에 저희 중 두
사람이 걸어서 시골로 갈 때에 예수께서 다른 모양으로
저희에게 나타나시니 두 사람이 가서 남은 제자들에게
고하였으되 역시 믿지 아니하니라. 〈마가 16:1~13〉

스크린 자막 / 연기처럼 사라진다

E. 자동차 주행 소리, 이어 급브레이크 밟는 소리. 곧이어 충돌하는 소리.

무대 위, 조명이 어지럽게 비추고, 앰뷸런스 + 사이렌 소리 요란하다.

E. 앰뷸런스 + 사이렌 소리.

남자 하나가 뛰어 들어와 소리치면 조명은 허공에 어지럽게 비추고 그중, 하나의 조명만 남자를 비춘다.

연우   원장님이 사라지셨어요! 원장님이 사라지셨다구요! 원장 님! 원장님! 원장님! (연우의 목소리 메아리처럼 울린다)

2장 병원

정수기에 꽂았던 빈 물통을 들고 터벅터벅 들어오는 남자 의사.

하민   하아… 내가 언제까지 물통이나 지고 날라야 하는 거야. 난 엄연히 이 병원의 의사라고. 외과의사! (갑자기 힘 빠지는 목소리로) 뭐… 아직은 수련의지만…

이때, 간호사 연우 주머니에 손을 찔러 넣고 종종 걸음으로 오다 하민을 발견한다.

연우   (주위를 두리번거리다 살며시 부르며) 하민 씨~
하민   (못 들었다)
연우   (조금 더 크게) 하민 씨이~

BM

하민	(슬로모션으로 뒤돌아보면 연우다. 연우의 손목을 끌고 무대 가장자리로 가 선다) / out 병원에서는 선생님이라고 불러야죠.
연우	(배시시 웃으며 몸을 꼬면서) 아차! 너무 반가운 마음에 그만…
하민	나두 반갑죠. 연우 씨 생각만 하면… (흐뭇한 미소 짓는다. 그러다 생각난 듯) 그래, 새로 오시기로 한 원장님은 찾았대요?
연우	(고개를 젓는다) 아니요.
하민	하아… 그럼, 이제 병원 문 닫는 건 시간문제겠군요. 이사장님은 병원이 이렇게 계속 적자에 허덕이느니 헐값에라도 팔아 버리고 싶어 하시니까요.
연우	그래도, 부원장님이 인공 심장 이식 수술만 성공시키면 정부 지원금도 받고 심장 전문 병원이 되는 거잖아요. 그럼, 우린 일자리를 잃지 않아도 되구요. 안 그래요?
하민	하지만 그건 어려울 거예요. 우선은 우리 병원에서 그렇게 큰 수술을 받겠다는 환자도 없구요. 또, 부원장님은 수술에 대한 트라우마가 있으시고…
연우	그럼 이제 우린 어떡해요.

이때, 심장외과 전문의 장준혁이 들어온다.

| 하민 | (정색하며 딴소리한다) 정 간호사, 그럼 오더대로 처치 |

하세요.

연우 (장준혁의 눈치를 보며) 네, 선생님.

연우, 눈치 보며 종종 걸음으로 퇴장한다. 장준혁, 날카로운 눈으로 하민을 노려보며,

준혁 새로운 원장에 대해 알아보라는 건 어떻게 되었어?

하민 그게… 알아는 봤는데…

준혁 알아는 봤는데.

하민 그러니까 새 원장님의 행방이 묘연하셔서…

준혁 (기가 막히다) 하아. 그건 경비실 고양이도 알아, 임마! 그러니까 특별히 알아보라고 한 거 아니야! (한 대 치려하며) 으이구!

하민 (피하다가 눈치 보며 다가와서는) 새 원장님이 오시지 않으면 이제 인공 심장 이식 수술은 누가 하는 거예요?

준혁 (답답하다는 듯 쳐다보다 주위를 둘러보다가 조용히) 새 원장이 오지 못한다면 어차피 누가 와도 인공 심장 이식 수술은 못 한다고 봐야지. 우리 병원에 누가 그 수술을 할 수 있겠어?

하민 (뭔가 할 말이 있는 듯 쳐다본다)

준혁 뭐? 부원장? 한땐 그도 외과의로서는 단연 국내 최고의 신의 손이었지. 그런데 지금? (손을 덜덜 떨면서 비아냥대며) 폐인… 됐

잖아.

하민   그럼, 저희들은 어떻게 되는 거예요?

준혁   뭘 어떻게 돼! 틈틈이 옮겨갈 병원 알아보고, 때 되면 퇴직금 받아 나가야지. 무슨 영광을 보겠다고 다 쓰러져 가는 병원에 이러고 있을 거야! 너도 제때 전문의 따려면 빨리빨리 딴 데 알아봐. 알았어? (쥐어박으려는 듯) 간호사들하고 노닥거리지나 말고!

하민   (막으며) 제가 언제 간호사들하고 노닥거렸다고… (말꼬리 흐린다)
그런데, 소문을 듣자니 새 원장님 별명이 신의 손이라던데. 그렇게 수술을 잘하신대요?

무대 위 조명 꺼진다.

BM

무대 위 조명 준혁만을 비춘다. 준혁, 수술 장갑을 낀 손을 수술 준비할 때처럼 들고 서 있다.

준혁   (하얀거탑 장준혁 톤으로) 심장 이식 수술 분야에서는 단연코 세계 최고! 케이스뿐 아니라 성공률도 거의 100프로에 가깝지.
(장갑을 벗으면서 자신의 말투로) 오죽하면 (발음 꼬며)

죤스 홉킨스 의과대학 학장이 직접 우리 이사장님에게
전화를 했을까.

하민   왜요?

준혁   왜긴, 임마. 데려가지 말라고.

하민   아하. 근데, 왜 그렇게 대단한 분이 다 쓰러져 가는 우리
          병원에 오시려고 했던 거예요?

준혁   낸들 알겠냐. (비아냥대며 양팔을 펼쳐 보이면서) '내가
          너희를 구원하겠다' 뭐, 그런 거 아니겠어?

하민   (고개를 끄덕이며 듣는다)

이때, 준혁의 휴대전화가 울린다.

E. 휴대전화 벨소리.

준혁   (발신자를 보더니 군기 바짝 들어서) 네! 이사장님! 네! 네!

하민   (손을 양 귀 옆에 대고 흔들며 준혁을 비아냥대는 시늉
          을 한다)

준혁   지금요? 곧 가겠습니다! (전화 끊으면서) 응급실 당직 내
          대신 네가 서는 걸로. 그럼, 수고해라. (퇴장)

하민   응급실 당직 또 제가 서요? (짜증내며) 아, 진짜. 선생님
          ~ 선생니임~! (장준혁 따라서 퇴장)

무대 한 곁에서는 이광수가 딸의 사진 한 장을 들고 책상 앞에 앉아 있다. 그 모습이 슬프다. 이때, 무대 반대편으로 전도 시스터 1, 2, 3이 노래하며 재미있는 모습으로 슬며시 등장한다.

전도시스터 1　I will follow him~

전도시스터 2, 3　(따라서) Follow him~

전도시스터 1　Follow him where ever he may go~

전도시스터 2, 3　(이어서) 우~ 우~ 우~

전도시스터 1　There isn't an ocean too deep

전도시스터 2, 3　too deep

전도시스터 1, 2, 3　a mountain so high it can keep,
　　　　　　keep me away, away from his love~

전도시스터 2　워~ 워~ 워~ (노래와 액션이 과해진다)

전도시스터 1, 3　(동작 멈추고 시스터 2를 바라본다)

전도시스터 2　(당황하며) 옴마…!!!

전도시스터 1, 2, 3　(서로 쳐다보며) I love him, love him, love him~

전도시스터 1, 2, 3　(서로 쳐다보며 박장대소한다) 오호호호. 아하하하.

전도시스터 1　오늘도 꺼져가는 한 영혼에게 예수님을 전했지.

전도시스터 2　그래, 그분이 교회에 나오겠다 하세요?

전도시스터 1　예전에 교회에 나온 적이 있다더라고.

전도시스터 3　그럼, 잘되었네요. 교회에 대해 잘 알고 계실 테니.

전도시스터 1	그때 교회 안에 있는 사람들이 서로 험담을 하고, 끌어내리지 못해 안달이고 뭐 그런 것을 보았다지 뭐야.
전도시스터 2	저런.
전도시스터 3	주여.
전도시스터 1	믿음이 좋다는 사람들이 모여 있는 곳이 이러하니 회의가 들더라는 거지.
전도시스터 2	그래서 뭐라 하셨어요?
전도시스터 1	그 순간 하나님께 지혜를 구하는 기도를 하고는 입을 열어 말했지.
전도시스터 2, 3	뭐라 하셨는데요?
전도시스터 1	형제님은 그 짧은 시간 많이도 보셨네요. 저는 오십 년 넘게 예수만 바라보고 다녔는걸요, 그랬지 뭐.
전도시스터 2	할렐루야~
전도시스터 3	아멘!
전도시스터 2, 3	(손가락 총을 발사하며) Follow, Follow, Follow~
전도시스터 1	(손가락 총을 발사하며) Love him, Love him, Love him~
전도시스터 1, 2, 3	(자기들끼리 쳐다보며 박장대소한다) 오호호호. 아하하하.
전도시스터 1	(갑자기 웃음을 멈추고) 잠깐, 우리가 이러고 있을 때가 아니야.

전도시스터 1 곁으로 전도시스터즈 2, 3 머리를 맞대고 모인다.

전도시스터 1　　오늘은 부원장에게 교회에 언제 나올 건지 확답을 받아 내고야 말겠어!

전도시스터 1, 2, 3 결의를 다지듯 차례로 손을 모으고 파이팅을 한다.

전도시스터 1, 2, 3 워! 워! 워!

전도시스터 1, 2, 3, 고양이 걸음으로 살금살금 걸어가 이광수의 진료실 문을 두드린다.

전도시스터 1　　똑똑똑.
광수　　　　　　(책에서 눈을 떼지 않으면서) 오늘도 교회 가자고 오신 거면 사절입니다.
전도시스터 1　　안녕하세요, 부원장님~ 어떻게 보지도 않고 우린 줄 아시고…
　　　　　　　　　벽이 뚫렸나? 오호호호호. (눈치보다 웃음 멈추고)
　　　　　　　　　흠. 오늘은… 그래요, (시스터 2를 이광수 앞으로 밀며) 여기 이 자매님이 속이 불편하다고 해서 왔답니다.
광수　　　　　　(무심하게) 그러세요. 그럼 이리로 앉아 보세요.

전도시스터 2, 떠밀려 진료의자에 앉는다. 갑작스러운 진료에 당황스럽다.

광수　　　　　　(무심히 청진기를 가슴으로 가져가며) 윗옷, 올려 보세요.

전도시스터 2	(가슴을 두 손으로 막으며 여성스러운 목소리로) 어머, 주여~!
전도시스터 3	(이광수 앞으로 나서며) 그럼, 제가…
전도시스터 1	(시스터 3의 뒷목덜미를 잡아당기며) 얘는 뭐라 카노.
광수	거 보세요. 아프지도 않으시면서. (청진기를 정리하면서) 아무리 그러셔도 소용없습니다. 교회는 (강조하며) 안 나갑니다.
전도시스터 1	하나님께서 부원장님을 얼마나 애타게 기다리고 계신지 아세요?
광수	(책에서 눈도 떼지 않는다) 그분은 제게 관심 없으십니다.
전도시스터 2	아니, 그걸 어떻게 장담하세요.
전도시스터 3	그래요, 부원장님. 하나님은 아흔아홉 마리의 양보다 잃어버린 한 마리 양을 더 소중하게 생각하신다구요.
광수	저! (벌떡 일어나) 양 아니고, 사람입니다. 사람! (시스터즈의 등을 떠밀며) 그러니, 제발 좀 돌아가 주세요!
전도시스터 1, 2, 3	아니, 잠시만요. 어어어, 잠시만요. 저희 말을 좀 들어 보시라니까요.

전도시스터즈, 광수에 의해 떠밀려 진료실에서 쫓겨난다.

광수	하아… (문 닫고 망연자실한 모습으로 한숨 쉬고 서 있다)
전도시스터 1	주여, 방황하는 저 어린 양을 구원하소서…

전도시스터 1, 천천히 퇴장한다. 전도시스터 2, 3, 따라 나간다.

전도시스터 2   사람… 양 아니라잖아.

전도시스터 3   (손잡고 이끌며) 으이구. 빨리 와.

광수   (책상 위의 사진을 쓰다듬으며) 수민아…

4장 이사장실

거만하고 럭셔리한 모습의 김대순 이사장, 집무실에서 고양이를 쓰다듬
고 있다.

대순   (아기에게 이야기하듯) 우리 밍키, 오늘 기분이 별로예
요? 우구우구, 우리 애기. 엄마가 뭘 주면 우리 밍키 기
분이 풀릴까~?
(생각난 듯) 아! 러시아산 캐비어를 어디에 두었더라~
(핸드백 안을 찾아본다. 이때, 핸드폰 울린다)

E. 핸드폰 벨.

대순   (말에게) 잠깐만. 전화 좀 받구~
(방금과는 다른 목소리로 정색하며) 아, 박 변호사님, 병
원 일은 잘 진행되고 있겠지요. 좋아요. 새로운 원장이

요? 그 사람 하늘로 솟았는지 땅으로 꺼졌는지 알 수가 있어야지요. 그럼 누구? 아, 이광수 부원장. 그 사람 걱정이라면 접어 놓으세요. 한때 자기가 아무리 날고 뛰는 외과의사였어도 지금은 과일칼도 못 드는, 본인이 환자라니까요. 외상 후 스트레스 장애? 오호호호호! 오호호호호호! (나지막한 목소리로 단호하게) 부원장 나부랭이 따위는 걱정하지 마시고, 하루 빨리 병원을 매각하는 데 힘써 주세요.

BM

장준혁, 무대 위로 올라와 대순의 집무실 앞에 선다.

준혁　　　　(비장하게 양손 들고) 나 장준혁, 외과 과장이 되는 그날까지 이 노력은 계속된다!
　　　　　　　(들어 올린 양 손을 두 귀 옆에 대고) 딸랑딸랑, 딸랑딸랑~

대순의 집무실로 들어간다. 대순은 말을 쓰다듬고 있다.

준혁　　　　(딸랑거리며 콧소리로) 딸랑딸랑~ 이사장님~
대순　　　　장준혁 선생님, 어서 들어오세요.

준혁, 굽신거리며 의자에 앉는다. 소파 위에 놓인 것을 보지 못하고 깔고 앉았다. 아픈 얼굴로 확인해 보니, 캐비어 통조림이다.

준혁 (화색이 돌며) 뭘 이렇게 귀한 걸…

대순 아, 거기 있었네요. (가져가며) 우리 밍키 간식.

준혁 아! 밍키 간식… 캐비어… 비싼데… (건네준다)

대순 (고양이에게 캐비어를 간식으로 주면서) 알아보셨나요?

준혁 그게, 좀… (확신에 찬 어투로) 하지만 확실한 건 그날 교통사고로 입은 상처로 봐서 현재 새 원장의 상태로는 절대! 네버! 심장 이식 수술은 불가능할 거라는 겁니다.

대순 확신할 수 있어요?

준혁 넵! 그날, 제가 응급처치를 했거든요. 제 부모님의 이름을 걸고 확신할 수 있습니다.

대순 좋아요. 이제, 장준혁 선생님을 믿고 병원이 매각되기만 기다리면 되는 거겠군요.

준혁 (조심스럽게) 그럼, 직원들은 어떻게 되는 건지…

대순 직원들? (불편한 심기로) 그동안 꼬박꼬박 월급 챙겨줬으면 그만 아닌가? 내가 언제까지 그들에게 금고 노릇을 해야 하는 거지?

준혁 아…네… 암요, 암요. 지당한 말씀이십니다. (대순의 눈치 보면서) 그럼, 저는 댁에서 운영하시는 대학병원에 외과과장으로 가는 거 맞지요?

대순 (테이블 위의 땅콩을 집어 껍질을 벗겨 입에 넣으면서) 내 사무실에 땅콩하고, 마카다미아 떨어지지 않게 채워 넣어요.

준혁 땅콩이요? 아…네, 네. 땅콩! 암요. 암요. 땅콩. (양손을 딸 랑거리며) 마카다미아는 까서 넣을까요? 그냥 넣을까요?

대순 (날카로운 눈빛으로 준혁을 응시)

5장 응급실

단촐한 응급실의 모습. 책상이 놓여 있고, 그 위에 엎드려 졸고 있는 하민의 모습이 보인다. 연우, 그런 하민에게 담요를 덮어 주고, 사랑스러운 눈길로 바라보고 섰다. 이때, 무대 위로 등장하는 이광수를 발견하고는 당황한 기색으로 광수에게 인사하는 연우.

연우 부원장님! (화들짝 놀라 인사한다)

광수 음, 오늘 당직은 정 선생님이시구만.

연우 선생님은요, 그냥 정 간호사라고 부르시라니까요.

광수 고생이 많지.

연우 이렇게 일할 수 있어서 참 감사한걸요. 이제 올해로 사 년 차예요.

광수 세월 참 빠르군. 벌써 그렇게 되었나.

연우 (웃음 띠며 밝은 목소리로) 게다가 이곳에 취직해서 학 자금 대출도 갚고, 돌아가신 아빠한테 주사도 제 손으로 직접 놔드리고…… 그래서 정이 남달라요.

227

광수	그래, 돌아가신 아버지께서도 천국에서 정 선생을 흐뭇하게 보고 계실 거야.
연우	(약간 놀랍지만 반갑게) 지금 천국이라고 하셨어요?
광수	(헛기침) 흐음!

이때, 이사장, 대순과 술 취한 병원의 안전요원이 등장한다.

대순	저리가지 못해요! (뿌리치며 뒷걸음친다) 한 발자국만 더 오면 경찰을 부르겠어요!
연우	정일우 씨! (부축하며)
일우	(술 취해서) 저 오늘 해고됐습니다. 짤렸다구요! 근데, 그거 아십니까, 이사장님! 다음 달에 아내가 아이를 낳습니다. 제가 아빠가 된다구요! (비틀거린다)
광수	이 사람, 정신 차려!

엎드려 자고 있던 하민, 시끄러운 소리에 배시시 잠에서 깨어 벌떡 일어나 상황을 살피면서 연우 옆에 서서 벌어진 상황에 대해 연우와 말을 주고받는 모습이다.

대순	(냉랭하게) 새로운 일자리를 구할 때까지 충분한 시간을 줬을 텐데요.

장준혁, 무대 위로 등장한다. 분위기를 살피며 이사장 대순 옆에 가서 굽

실거리며 선다.

일우   충분한 시간이요? 네, 한 달 주셨지요. 그런데, 일자리가
그렇게 쉽게 구해집니까. (울먹이기 시작한다) 저야 원
래 못난 놈이지만, 이제 태어나는 아이는 뭔 죄입니까.
어흐흐흐흐 (바닥에 주저앉아 목 놓아 울기 시작한다)

준혁   그거야 정 씨 사정이고. 병원은 규정에 따라 한 거 아니야!
(이사장의 눈치를 살피다가 그 앞을 막아서며) 누구 앞
이라고 감히!

일우   (울음 섞인 목소리로) 규정이요! 그 잘난 규정이 사람 목
숨보다 더 중요합니까?

광수   모두 그만하지! 장 과장은 이사장님 모시고 나가게.
(일우를 일으키며) 정일우 씨 어서 일어나요. 여긴 환자
들이 있는…

일우   (벌떡 일어나 이사장에게 다가서며) 제발, 일 년 만요, 일
년만 더 일하게 해 주심 안 될까요? 아니, 육 개월만요…

갑자기 다가서는 일우를 피하는 준혁과 대순. 일우를 잡아 세우는 광수.
대순은 옷매무새를 고쳐 바로 선다.

대순   지난 일 년간 계속되는 적자 속에서도 우리 경영진들은
직원들을 살리기 위해 최선을 다해 왔습니다. 앞으로도
우리 병원은 규정대로 합니다!

준혁, 일우를 째려보다가 대순의 옆에 바짝 붙어서서 함께 나간다.

일우   (대순을 향해) 이렇게 한 명 한 명 짜르고 병원 통째로 팔
아먹으려고 한다는 거 직원들이 모를 줄 알고! 하늘이
무섭지 않냐!

하민과 연우의 부축을 받으면서 나가는 일우. 퇴장한 이후 무대 뒤에서도
이사장을 향한 고성은 멈추질 않는다. ('이거 놔, 이거 놔, 이거 놓으라구!
이사장, 하늘이 무섭지 않냐!' 등의 고성이 들린다)

대순   (준혁에게 악다문 입으로) 저거, 다시는 얼씬도 못 하게 해!
준혁   넵!

준혁은 일우를 째려보고 대순을 따라 퇴장한다.
연우와 광수, 무대 중앙으로 걸어 들어온다.

연우   (혼자서 넋두리하듯) 새 원장님 오셔서 심장 이식 수술
만 성공하면 정부지원금 받아서 병원이 살아날 텐데…
광수   (얼굴이 어둡다)
연우   (광수의 눈치 보며 자신의 입을 때리면서) 어머머, 내 입
이 혼자 말을 하네.

이때, 지씨가 현지를 등에 업고 공은혜와 함께 소리를 지르며 다급하게 뛰

어 들어온다.

은혜   (울부짖으며) 선생님, 우리 딸 좀 살려주세요! 갑자기, 갑
                자기 아이가 숨을 쉬지 않아요. 우리 딸 좀 살려 주세요!

하민과 연우는 급히 지씨의 등에 업혀 있는 현지를 받아 침대에 뉘인다. 광
수는 현지의 이곳저곳을 체크한다. 은혜와 지씨, 초조히 바라보고 서있다.

광수   (다급한 목소리로) 아이가 언제부터 이랬지요?
은혜   병원 앞에서 갑자기……
광수   (하민에게) 어서 CPR 준비해!
하민   네! (급히 무대 뒤로 퇴장한다)

BGM과 함께 무대 전환된다.

2막

1장 병실

병실에 누워 있는 현지와 그 곁을 간호하고 있는 공은혜의 모습이 보인다. 연우 곁에서 현지에게 연결된 호스를 체크하며 차트에 적는다. 지씨, 무대 한 켠에서 바닥을 쓸고 휴지통을 비우고 있다.

연우　　　오늘부터 미음은 먹을 수 있어요. 점심부터 나올 거예요.

은혜　　　(힘없이) 네. 감사합니다.

연우　　　(인사하고 나간다)

지씨, 연우가 나가는 것을 보더니 청소하면서 은혜에게 다가온다.

지씨　　　이제 좀 나아진 거예요?

은혜　　　아, 안녕하세요. 지난번엔 너무 경황이 없어서 감사하다 는 인사도 못 드렸네요. 아저씨 아니었으면 길에서 시간 을 더 지체했을 텐데.

　　　　　　(콧물을 닦으며 인사한다) 정말, 감사합니다.

지씨	에이고. 별 말씀을요. 덕분에 이렇게 일자리까지 얻었는걸요. 마침 청소부가 말도 없이 그만두었다 길래. 도리어 제가 감사하지요.
은혜	(눈물 훔치며) 아, 그러세요. 정말 잘되었네요.

전도시스터 1, 2, 3, 무대 위로 등장한다. 병실에 있는 환자와 보호자들에게 전도지를 나눠 주며 전도한다.

시스터 3	(전도지 나눠 주며) 예수님 믿으세요. 예수님 믿으세요.
대령 할아버지	(전도지를 받아들고) 도대체 예수 믿으면 뭐가 좋답디까?
시스터 2	영접하는 자 곧 그 이름을 믿는 자들에게는 하나님의 자녀가 되는 권세를 주셨으니… 하나님의 자녀가 되지요.
대령 할아버지	하나님의 자녀? (기침 심하게 하면서) 그래, 하나님의 자녀가 되면 하나님이 나처럼 다 죽게 생긴 늙은이 병도 막 고쳐 주고 그래서 안 죽고 살게 해 준답니까?
시스터 1	그럼요, 영생은 값없이 주시는 하나님의 선물이랍니다.
대령 할아버지	(적극적으로) 그래, 말나온 김에 이야기나 한번 해 봅시다. 나 팔십 평생 살아오는 동안 어려서는 부모님 말씀 순종하고, 자라는 동안 선생님 말씀 따라 공부 열심히 했지. 커서는 나라 지킨다고 군인이 되어서 평생 군인으로 복무하다 꽃 세 송이 달고 대령으로 제대를 했네. (기침한다)

병실 사람들 모두 집중하기 시작한다.

대령 할아버지   살면서 누구에게 해코지를 해 봤나, 돈을 빌리고 떼먹기
                 를 해 봤나, 오히려 빌려준 돈도 떼이면 그놈이 오죽했으
                 면 그랬을까 싶어 그냥 봐주기도 여러 번 했지.

대령 할아버지의 말이 다 끝난 줄 알고 돌아서려다 대령 할아버지의 말이
다시 시작되자, 되돌아오는 전도시스터 1, 2, 3.

대령 할아버지   때 되면 불우이웃 돕기 한다고 매년 내가 낸 돈이 얼마인
                 데. 법 없이도 살 사람이라는 소리를 내가 많이 듣고 살
                 았다니까.

시스터 1   네, 참으로 열심히 살아오셨네요.

시스터 2, 3   네, 열~심히.

대령 할아버지   그럼 나 같은 사람은 댁들이 말하는 영생을 얻을 수 있는
                 거 아니요?

시스터 1   영생은 돈이나 공로나 자격으로 얻는 것이 아니랍니다.

대령 할아버지   그럼, 무얼 해야 된다는 말이요?

시스터 2   순수한 마음으로 예수 그리스도를 믿고 진정 자신의 죄
                 를 회개하는 사람만이 영생의 선물을 받게 되지요.

대령 할아버지   아니, 이 사람들이 귓구멍이 막혔나. 내가 법 없이도 살
                 사람이란 소릴 얼마나 많이 들었는데!

시스터 3   할아버지, 인간은 누구나 하나님 앞에 죄인이랍니다.

시스터 2	죄인은 자신을 구원할 수 없고요.
대령 할아버지	뭐요? 나더러 죄인이라고 하는 거요? 세상 사람들 나만큼만 살아 보라고 그래! 나만큼 깨끗하게 살기가 쉬운 줄 알아! 아침부터 개 풀 뜯어 먹는 소리하려거든 당장…… (통증이 오는 듯 가슴을 부여잡고) 아… 아, 아… 간호사! 간호사!

전도시스터 1, 2가 노인을 부축하고 전도시스터 3이 간호사를 부르러 나가려는데 마침 연우, 병실로 들어오다 노인을 보고는 급히 다가가 살핀다.

연우	할아버지, 흥분하시면 안 된다고 몇 번을 말씀드려요.
대령 할아버지	아이고… 내 가슴이야… 저것들이 아침부터 내 명을 재촉하네.

전도시스터 1, 2, 3은 옆으로 물러나 걱정스러운 얼굴로 보고 섰다. 이때, 공은혜가 조심스럽게 전도시스터 옆으로 다가간다.

은혜	(조심스럽게 다가와서) 근데요, 영생이요… 그거 영원히 산다는 뜻 아니에요?
시스터 2	그렇지요. 하나님 나라에서 영원히 산다는 거지요.
은혜	그럼 죽지 않는다는 거예요?
시스터 2	그럼요, 하나님 나라는 죽음이 없는 곳이랍니다.
은혜	근데, 저 같은 사람도 갈 수 있나요? 저 할아버지는 평생

많이 배우시고… 어려운 사람 돈도 빌려주고 그리고 불우이웃도 도우셨다는데… 저는… (망설이다가) 현지가 갑자기 입원하는 바람에 반찬가게 이씨 아주머니한테 백만 원 빌린 것도 아직… (정색하면서) 하지만, 떼먹을 건 아니에요. 곧 갚을 거예요. 현지 나으면… (풀죽어서) 다시 일해서…

시스터 3 예수님을 믿으세요. 그분을 영접하는 자 곧 그 이름을 믿는 자들에게는 하나님의 자녀가 되는 권세를 주신답니다.

은혜 그럼 그분을 믿기만 하면 그분의 자녀가 되어 영생을 누릴 수 있다는 말씀인 건가요?

시스터 1 그렇지요. 하지만, 이 말씀에는 꼭 기억해 두어야 할 사항이 있답니다. 성경은 사람이 단순히 '제가 예수 그리스도를 믿습니다'라는 말만 해가지고 영생을 얻는 것이 아님을 분명히 말씀하고 계세요.

은혜 방금 전에는 믿기만 하면 된다고 하셨잖아요.

시스터 2 그랬지요. 예수 그리스도께서 십자가에 달려 돌아가시고 다시 부활하신 것이 자신의 죄를 위한 것이었음을 순수하게 믿고,

시스터 3 진심으로 회개하여 자기의 죄에서 돌아서는 사람만이 구원을 받는다 하셨습니다.

조명, 시스터 1, 2, 3과 공은혜만 각각 비춘다.

236

시스터 1, 2, 3	주 예수를 믿으라. 그리하면 너와 네 집이 구원을 받으리라.
은혜	(관객석을 향해 혼잣말로) 우리 현지만 살릴 수 있다면 예수가 아니라 어떤 신이라도 믿겠어! (전도시스터들을 향해) 믿겠어요! 현지를 살릴 수만 있다면, 예수님을 당장 믿겠어요!

2장 이광수의 진료실

영상

경쾌한 웃음소리가 울려 퍼지는 숲속을 뛰어다니는 딸, 수민의 모습.

BM

소파에서 자고 있는 이광수. 어느새 들어온 지씨는 사무실 곳곳을 빗자루를 들고 쓸고 있다.

광수	수민아, 수민아, 수, 수, 수민아~!!! (잠에서 깨어난다)

이광수, 지씨를 발견하고는 멋쩍은 듯 자신의 책상으로 걸어간다. 책상 위의 전도지를 들며,

광수	(짜증스럽게) 아니, 버렸는데 여기 또 올려놓았네.
지씨	아, 그거 제가 올려놓은 겁니다. 잘못 버리신 것 같아서요.
광수	(지씨를 잠시 응시하더니) 버리는 거 맞습니다.

이광수, 지씨가 있는 쓰레기통 쪽으로 걸어와 전도지를 버리려 하는데, 지씨가 우연인 듯 이광수의 길을 이쪽, 저쪽 막아선다.

광수	(쳐다본다)
지씨	아이고, 죄송합니다. 몸이 생각대로 움직이지를 않네요. 그거… 좋은 글인 것 같은데, 버리실 것까지야…
광수	그렇게 좋아 보이면 (전도지 내밀며) 자, 가져가세요. (책상으로 가 앉는다)
지씨	(받아 든 전도지를 읽어 내려간다) 예수님을 믿는 자는 영생이 있고 아들을 순종치 아니하는 자는 영생을 보지 못하고 도리어 하나님의 진노가 그 위에 머물러 있느니라.
광수	하! (넋두리하듯) 웃기는 소리.
지씨	(이광수를 쳐다보면서) 저에게 하시는 말씀인가요?
광수	아이와 같은 믿음이어야 천국에 들어갈 수 있다고 했는데, 그럼 그렇게 어린아이가 뭘 얼마나 순종치 않았길래 영생은커녕 일곱 살 생일을 하루 앞두고 죽어야만 했을까 싶어서… (잠시 후) 실소가 나왔네요.
지씨	(권위 있는 목소리로) 내가 죽이기도 하며 살리기도 하

며 상하게도 하며 낮게도 하나니 내 손에서 능히 건질 자 없도다.

광수   그럼 하나님께서는 정말 그 아이가 죄가 있어서 죽게 내 버려 두셨다는 거요, 지금?

지씨   글쎄요. 그건 저도 모릅니다. 다만, 그분이 허락하셨기 때문에 이 모든 일들 이 일어났다는 것만 알지요.

광수   하지만, 사랑의 하나님, 공의로우신 하나님이 이러시는 건 아니지 않소!!

지씨   (담담히 이광수를 바라보고 서 있다)

광수   (갑자기 자신이 과잉반응을 보인 것을 깨닫고) 하아… 내가 괜한 말을 했나 보군. 이제 그만 나가 보세요. (머리를 쥐고 책상에 앉는다)

지씨   (인사하고 천천히 퇴장)

지씨 목소리   (지씨의 모습은 보이지 않고) 하나님의 인격과 그분의 다스리심을 계속해서 지켜본다면 그 해답을 얻게 될 겁니다.

광수, 어디서 들려오는 소리인지 몰라 자리에서 일어나 사방을 살핀다.

3장 병실

무대 한 켠에서 지씨와 간호사 영자, 이야기 나누고 있다. 무엇을 듣고 있는지 계속 고개를 끄덕이고 있는 영자. 침대에 누워 있는 현지와 은혜가 보이고, 하민과 연우, 현지의 상태를 체크하면서 은혜와 이야기 나누고 있다. 지씨의 이야기를 듣던 영자, 놀란다. 퇴장하는 지씨. 하민과 연우에게 황급히 다가가는 영자.

영자   (다급히 다가와 호들갑스럽게) 다들 그 이야기 들으셨어요?

연우   무슨?

영자   오시기로 한 새 원장님하고 이광수 부원장님이 미국에서 같은 병원에 근무하셨었대요.

하민   부원장님께서 미국에서 공부를 하긴 하셨죠.

영자   그때, 두 분의 실력이 천상천하 막상막하 레알 지존이었다잖아요.

연우   정말?

하민   하긴 우리 부원장님, 미국에서 스카웃된 국내 최고 심장 전문의로 한때 이름깨나 날리셨죠.

영자   그렇게 실력이 좋으시면 부원장님께서 인공 심장 이식 수술 하면 되지 않을까요? 새 원장님이 언제 오실지도 모르구요.

하민   하지만 지금은 어려우실 거예요.

전도시스터 1, 2, 3이 무대 위로 등장하다 이야기 나누는 하민, 연우, 영자를 발견하고는 귀를 쫑긋 세우며 살금살금 다가가며 그들의 대화를 엿듣다. 이때, 어느새 다가왔는지 은혜가 불쑥 대화에 끼어든다.

은혜	왜 지금은 어려우세요?
하민	(난처하다) 아… 그게…

대화의 무리 사이로 나서는 시스터 1. 그 목소리에 뒤돌아보는 일동.

시스터 1	딸의 심장 수술을 직접 집도했는데, 그 아이가 수술 받다 죽었어요. 일곱 살이었는데.
은혜	(놀란다)
시스터 2	(눈물을 훔치며) 에이구, 그 종달새 같은 예쁜 아이가 에이구…
시스터 3	(시스터 2를 달래며) 쯧쯧쯧… 착한 아이였는데. 에휴…
은혜	일곱 살… 우리 현지랑 나이가 같네요.
영자	그래도 그게 언제예요? 벌써 사, 오 년 전 일 아니에요? 아마 지금쯤은 수술하실 수 있지 않을까요?
하민	그건 좀 어려울 거예요. 워낙 트라우마가 크셔서…

이때, 광수 무대 위로 들어온다. 당황한 모두들, 제각각 딴청을 부린다. (시스터 1, 2, 3의 우스운 행동. 영자와 연우, 치료키트를 서로 보여 주면서 열심히 인척 등등) 하민은 얼른 달려와 인사하고 광수에게 차트를 보인다. 그러나, 은혜만은 생각에 잠긴 채 움직이지 않고 자리에 서 있다.

광수	(보던 차트에서 눈을 떼며 이상한 분위기를 감지하고는 주위를 둘러본다)

은혜	(광수를 발견하고는 광수 앞에 무릎 꿇고 바짓가랑이를 잡고) 선생님, 저희 현지 좀 살려 주세요. 네? 선생님은 심장 이식 수술하실 수 있잖아요. 현지 소원이 뭔지 아세요? 빨리 어른이 되어서 빨간 립스틱 바르고 다니는 거래요. 파란 자기 입술색이 귀신같다며… 선생님, 제발 저희 현지 좀 살려 주세요. 제가 이렇게 빌게요. 제발요, 제발…흑흑흑.
하민	(은혜를 부축하면서) 현지 어머님, 진정하세요.

광수, 이 상황이 당황스럽다. 돌아서서 나가려는데,

시스터 1	(단호한 목소리로) 하실 수 있잖아요!
광수	(그 자리에 선다)
시스터 1	이제는, 하실 수 있습니다!
광수	(뒤돌아서 시스터 1을 바라본다)
시스터 1	하나님께서 그걸 원하고 계세요.
은혜	선생님, 우리 현지, 살려 주세요. 일곱 살밖에 안 된 저 어린 것에게 무슨 죄가 있어요.
영자	그래요, 선생님. 선생님께서 수술만 성공하면 저희도 이곳을 떠나지 않아도 되잖아요.
연우	(영자 옆으로 다가서며 광수를 향해) 여기가 제 첫 직장이에요. 저도 떠나고 싶지 않아요.
하민	네, 선생님! 우리도 뭐든 해 봐요. 이대로 앉아서 쫓겨날

수만은 없습니다!

시스터 2	그래요, 우리가 기도로 도울게요! 하나님께서 우리의 기도를 저버리지 않으실 거예요!
	우리 마음에 하나님에 대한 믿음만 있다면요!
시스터 3	우리 마음에 하나님에 대한 믿음만 있다면요!

시스터 1, 2, 3 솔로 + 합창

〈믿음 위에 굳게 서라〉

무대 위의 합창단, 하늘을 향해 손을 뻗으면, 자리에 주저앉은 광수, 하늘을 향해 절규한다.

| 광수 | 주여!!!!!!!!!!!!!!!! |

막 내린다.

3막

1장 병원

장준혁, 어깨를 풀며 무대 위로 등장한다.

준혁   (어깨와 고개를 풀면서 하품한다) 아휴, 당직을 꼭 서야 되는 거야? 환자도 없는데. 아휴, 졸려. 아휴, 어깨야.

이때, 직원들이 발랄한 모습으로 크로스로 엇갈려 등장하고 퇴장한다.

BM

연우   안녕하세요, 장준혁 선생님~ (퇴장)

하민   안녕하십니까! 좋은 아침입니다. (퇴장)

영자   장준혁 선생님, 안녕하세요. 오늘 넥타이 참 잘 어울리시네요. (퇴장)

공은혜, 현지를 휠체어에 태우고 등장한다.

은혜	날씨가 참 좋아요.
현지	안녕하세요, 장준혁 선생님. (퇴장)
지씨	안녕하세요, 좋은 아침입니다. (빗자루를 들고 무대를 쓴다)

준혁은 이 발랄한 분위기가 어리둥절하다. 지씨는 무대를 쓸고 있다.

준혁	이 희망찬 분위기는 뭐지? (갸우뚱한다) (청소하는 지씨를 향해) 어이, 이봐 지씨!
지씨	(두리번거린다)
준혁	(손가락으로 이리 오라 지시하며)
지씨	(준혁에게 빠른 걸음으로 성큼성큼 다가간다)
준혁	요새 병원 안에 좀도둑이 있는 것 같아. 수상한 사람 본 적 없수? 뭐, 좀, 병실을 이곳저곳 기웃거린다든가 하는.
지씨	(멀뚱한 표정으로 준혁을 응시한다)
준혁	에이, 됐고, 청소나 깨끗이, 열심히 하쇼.

주머니에서 휴지를 꺼내어 코를 풀어 휴지를 바닥에 버리고는 퇴장. 이를 쓸어 담는 지씨, 무대 위를 다니며 계속 청소를 한다.
준혁이 나간 무대 반대방향에서 전도시스터 1, 3 이야기 나누며 들어온다.

시스터 3	지난 주일에 교회 맨 뒷자리 구석에 앉아 계시더라니까요. 제가 이 두 눈으로 똑똑히 부원장님을 봤다니까요.

시스터 1	(웃으며 고개를 끄덕인다)

이때, 황급히 뛰어 들어오는 시스터 2.

시스터 2	(숨이 가쁘다) 돌아가셨어요! 헉헉!
시스터 3	아니, 누가 돌아가셨다는 거야?
시스터 2	그 할아버지, 그 대령 할아버지요. 새벽에 돌아가셨대요!
시스터 3	주여.
시스터 1	(기도하면서) 이 영혼을 불쌍히 여겨 주시옵소서.
시스터 2, 3	아멘.
시스터 2	그 할아버지 열심히 사셨다고 자부심이 대단하셨는데…
시스터 1	세상에서 아무리 열심히 산다 해도 하나님을 알지 못하면 모든 것이 헛된 일. 자, 이럴 시간이 없어. 어서 한 영혼이라도 더 하나님 앞에 데려오자고!
시스터 3	그래요.
시스터 2	어서 가자구요.

전도시스터 1, 2, 3 의기양양하게 빠른 걸음으로 퇴장. 전도시스터즈가 퇴장하는 반대방향에서 공은혜, 가습기 통을 들고 무대 위로 등장. 의아한 표정으로 바삐 나가는 전도시스터즈를 쳐다보면서 등장하더니, 청소하는 지씨를 발견하고는 다가가 인사를 건넨다.

은혜	안녕하세요.

지씨	네, 안녕하세요. 현지는 오늘 좀 어떤가요?
은혜	어제, 오늘 가슴이 아프지 않다고 해요. 아저씨께서 기도해 주셔서 그런가 봐요. 감사해요. 그래서 저도 이제 아침, 점심, 저녁으로 기도를 해요.
지씨	참 다행입니다.
은혜	(갑자기 시무룩해지며) 그런데, 어떻게 헌신해야 하나님께서 우리 현지를 낫게 해 주실까요?
지씨	지금처럼 믿음으로 기도하시면 되지요.
은혜	그래도… 다른 분들은 매일 교회에 나가 봉사하고, 또 봉사하고, 또 봉사하고… 그러시잖아요. 저는 밤낮 현지 옆에 앉아서 기도나 하고 있구요.
지씨	기도나…라니요. 하나님은 자매님이 헌신만 하기를 바라지 않으세요. 하나님 은 자매님이 당신을 더 잘 알기를 원하고 계시답니다. 헌신은 그다음에 따라도 늦지 않지요.
은혜	그럼, 저처럼 그냥 기도만 해도 사랑해 주실까요?
지씨	하나님은 이미 우리 모두에게 차고도 넘치는 사랑을 주셨고, 지금도 주고 계십니다. 또 그분은 일꾼만을 원하지 않으세요. 그분은 예배자를 원하십니다.
은혜	어머, 기뻐라. 예수님 믿은 이후로 저 한 번도 예배에 빠진 적이 없거든요.
지씨	(순수한 은혜가 귀여운 듯) 아, 네, 참 잘하셨네요.
은혜	(갑자기 시무룩해진다) 그런데…… 요즘 좀 복잡해요.

	일곱 살밖에 안 된 우리 현지가 무엇을 잘못해서 이런 병
	에 걸렸을까, 제가 진작에 예수님을 믿었다면 우리 현지
	가 이런 병에 걸리지 않았을까…… 이런 생각들이 꼬리
	에 꼬리를 물어서…… 통 잠을 잘 수가 없어요.
지씨	어려운 문제가 자신에게 닥치면 그 문제에 빠져서 주위
	를 돌아볼 수 없게 되는 것이 인간이랍니다. 그럴 때일
	수록 문제가 아니라 하나님을 바라보세요. 그리고 빌립
	보서 4장 8절의 말씀을 생각하세요. '무엇에든지 참되며,
	경건하며, 옳으며, 무엇에든지 정결하며 사랑받을 만하
	며, 칭찬받을 만하며, 무슨 덕이 있든지 무슨 기림이 있
	든지 이것들을 생각하라. 그리하면 평강의 하나님이 너
	희와 함께 계시리라.'
은혜	(기쁨에 찬 표정 짓더니 갑자기 뭔가 생각난 듯) 어머!
	가습기에 물을 받으러 왔는데. 그만 가 볼게요. (가다가
	뒤돌아서서) 아저씨! 예수님이 계시다면 꼭 아저씨 모습
	일 것 같아요. (가볍게 목례하고는 신나게 퇴장)

지씨, 퇴장하는 은혜를 흐뭇한 미소로 바라보고 섰다.

2장 이사장실

영상 병원 앞에서 리포트하는 기자.

E.

기자 심장이식을 기다리는 환자와 가족들에게 희소식을 전해 드립니다. 다른 방법으로는 치료가 불가능한 말기 심장질환 환자에게 현재까지 개발된 최선의 치료 방법은 다른 사람의 심장을 이식시켜 주는 것이었습니다. 심장이식만 기다리기에는 환자나 보호자 모두 감내해야 할 고통은 크고 참아야 할 시간은 너무 길지요. 갈릴리 병원이 인공심장 이식수술을 결행한 것도 이 때문입니다.

은혜   (무대 위에서 인터뷰) 국내에서 인공심장수술을 받을 수 있다는 소식을 이제 들었어요. 그렇게만 된다면 우리 아이 살 수 있게 되는 거 맞지요? 하루빨리 우리 현지가 뛰어노는 모습을 보고 싶어요.

대순   (무대 위에서 인터뷰) 세계적으로 인공심장 분야가 빠르게 발전하고 있는 데 반해 우리나라는 여전히 불모지에 가깝지 않습니까? 우리 병원에서는 현실을 극복해 보자는 의료진의 의학적 열망이 충만해 있습니다.

기자(E)   이번 수술이 성공하게 되면, 갈릴리 병원 또한 국민 보건 향상이라는 차원에서 정부 지원금 100억을 지원받게 되면서 인공심장 전문 병원으로 새롭게 태어나게 될 전망입니다. E.B.C 뉴스 김 기자입니다.

대순   (손에 든 리모컨으로 화면을 끄고) 만약 부원장이 수술에 실패한다면…… 병원 문을 닫는 데는 그게 더 빠르겠군. 아하하하하하.

광수, 다급하게 무대 위로 등장한다. 이사장실 앞에서 호흡을 가다듬고 들어간다.

급히 웃음을 멈추는 대순.

광수　　　(여전히 호흡이 거칠다) 이사장님, 어떻게 된 일입니까? 우리 병원에서 인공 심장이식 수술이라니요?

대순　　　현지 어머님이 찾아오셨더군요. 현지의 수술을 해달라고. 부원장님이라면 믿을 수 있을 것 같다구요.

광수　　　(당황스러운 듯) 그렇지만 전……

대순　　　전 모두 다 헛소문이라고 생각하고 있어요. 부원장님이 수민이 일 이후에 수술을 할 수 없다는 뭐 그런 소문이요.

광수　　　그건 사실……

대순　　　(태연하게 고양이를 쓰다듬는) 그럼 이대로 병원 문을 닫으라는 뭐 그런 소리인가요?

광수　　　그런 건 아닙니다. 하지만……

대순　　　(달래듯) 부원장님, 직원들의 얼굴을 한번 보세요. 이제나 저제나 직장을 잃을까 전전긍긍하는. 저들이 가엾지 않으세요?

광수　　　……

대순　　　(냉정하게) 그만 나가 보세요!

3장 수술실

수술방. 무대 위에는 침대에 누워 있는 현지와 광수만이 보인다. 천둥소리가 들리면 수술을 하지 못하고 메스를 떨어뜨리는 광수. 흐느껴 울기 시작한다.

E. 천둥소리. (with 번개_조명)

광수   (흐느껴 울기 시작한다) 아아아… 난 할 수 없어. 할 수가 없어…… 이 손으로 내 딸 수민이를 죽였는데… 내가 어떻게… 나는, 나는, 할 수가 없어… 흑흑흑.

광수, 자리에 무릎을 꿇고 앉아 울면서 기도하기 시작한다.

광수   주님, 저는 할 수 없습니다. 저는 할 수가 없습니다. 저 수술대에 놓여 있는 아이가 제 딸 수민이인 것만 같아서…… 흑흑흑. 그 작디작은 손으로 내 손을 꼬옥 잡으며 '아빠, 금방 끝나는 거 맞지?' 했던 내 딸 수민이. 수술하고 나면 다시는 아프지 않을 거라고 약속했는데. 더 이상 아프지 않을 거라고. 저는 (목이 메인다) 하아…… 이 수술을 할 수가 없습니다. 흑흑흑흑흑……
(울음 섞인 간절한 목소리로) 주님, 정말로 계시다면 저 좀 도와주세요.

(한층 더 울음이 격해지며) 살아 계시다면서요. 그럼, 저
좀 도와주세요.

(창자가 끊어지는 듯 가슴을 쥐어뜯으며 절규한다) 저
좀, 저 좀, 도와주시라구요!!!!!! (이내 엎드려 흐느낀다)

BM

이때, 광수의 뒤로 한 줄기 빛이 들어와 주저앉은 광수를 일으킨다.
빛은 광수 주변을 돌더니, 하늘로 올라가 스크린에 영상으로 보여진다.

Insert cut

죽은 딸 수민이가 현지와 놀고 있는 모습이 보인다. 즐겁게 놀던 아이들은
서로 손 흔들며 헤어진다.
그 위로 쏟아지는 기자들의 목소리는 국내 최초 인공 심장 이식 수술에 성공
해서 100억의 정부지원금을 받게 되는 갈릴리 병원에 대한 소식을 알린다.

4장 병원로비

장준혁, 지씨의 목덜미를 질질 끌고 무대 위로 들어온다.

준혁　　　　(잡고 있던 목덜미를 내팽겨치며) 이놈의 영감탱이, 오
　　　　　　갈 데 없어 청소부까지 시켜 줬더니, 이제 도둑질을 해!

그렇지 않아도 외과과장 자리는커녕 내 목도 날아가게 생겼는데. 어디 오늘 혼 좀 나봐라.

합창단의 기억하라 노래가 시작된다. 장준혁은 지씨를 나무기둥에 포박하고, 흰 천 뒤의 조명이 켜지면 포박당한 지씨의 그림자가 십자가에 달리신 예수님처럼 보인다.

〈기억하라_합창〉

이때, 휠체어에 탄 현지와 공은혜가 무대 위로 등장한다.

은혜 현지야, 잠깐만 여기 있어. 엄마가 담요 가지고 올게.
현지 응.

공은혜, 퇴장한다.

현지 (두리번거리더니 지씨를 발견한다) 아저씨. 거기서 뭐하세요?
지씨 응, 현지를 기다리고 있었지.
현지 저를요?
지씨 현지의 예쁘고 건강한 얼굴을 한 번 더 보려고 말이다.
현지 제가 좀 예쁘지요?
지씨 그럼, 예쁘고말고.

현지	그런데, 아저씨.
지씨	응.
현지	저는 보았어요.
지씨	무엇을 말이냐.
현지	수술하던 날, 수술방에서 아저씨를 보았어요.
지씨	······
현지	아저씨가 부원장님의 손을 잡고 저를 수술해 주셨어요.
지씨	······
현지	아저씨 맞지요?

지씨, 스스로 포박된 밧줄을 풀고 흰 천 뒤에서 나온다. 그리고 현지에게 다가가 현지를 꼭 안아 준다. 현지도 지씨를 꼭 안는다.

합창 중에 막 내린다.

4막

1장 병원로비

1년 후, 크리스마스이브, 병원로비

BM

연우와 광수, 크리스마스트리를 함께 달고 있다.

연우	원장님, 오늘 아침에 인터넷 기사 봤어요. 우리 병원에서 형편이 어려운 어린이들을 위해 무료로 인공심장 수술을 해 주기로 했다는 기사요. 갈릴리 병원에서 일한다는 게 얼마나 자랑스러운지 몰라요.
광수	(고개를 끄덕이며 미소 짓는다)
연우	원장님 얼굴도 일 년 전보다 훨씬 평안해 보이세요.
광수	모두가 하나님의 은혜지. 그리고, (회상하듯이) 한 가지 깨달은 것이 있어.
연우	그게 뭔데요?

광수	고난의 순간에 기도할 수 있다면, 그 고난은 미래를 향한 소망의 순간이 된다는 것.
연우	고난의 순간에 기도할 수 있다면, 미래를 향한 소망의 순간이 된다…!!
	(감동 어린 시선으로 광수를 바라보면서) 아하… 정말 감동적이에요.
	원장님의 이 믿음을 하나님께서도 기쁘게 받으실 거예요.
광수	허어, 이 친구. 박 선생은 어쩌고 (말투 바꾸어서) 벌써 나한테 반한 거야?
연우	아이 참, 원장님도…
광수, 연우	아하하하하, 오호호호호.

하민이 밝은 모습으로 등장한다. 광수에게 인사하고, 하민에게 따로 손 인사 반갑게 나눈다.

하민	(광수를 바라보며) 오늘 인터넷기사 봤습니다. 갈릴리 병원에서 매년 형편이 어려운 어린이들에게 무료로 인공심장 이식 수술을 해주기로 했다는 기사요. 갈릴리 병원의 외과의사로 일한다는 게 정말 자랑스럽습니다.
광수, 연우	(의아한 듯 하민을 쳐다보면)
하민	네! 저 오늘 전문의 합격해서 이제 정식으로 외과의사입니다!
연우	어머! (손을 뻗어 하민을 안으려고 다가가면서) 하민 씨,

축하해요~

하민   (광수를 의식해 연우의 머리를 가볍게 밀어내면서) 병원에서는 선생님이라고 불러야죠.

광수   허허허, 괜찮네. 괜찮아.

이때, 전도시스터 1, 2, 3 무대 위로 등장한다.

시스터 1   안녕들 하세요!

연우, 하민   안녕하세요.

시스터 3   원장님, 새벽에 성탄송 함께 도실 거죠?

시스터 2   당연한 걸 뭘 물어요. 원장님의 묵직한 목소리가 깔려야 우리가 그 위에서 널을 뛰죠.

시스터 1   에구, 권사님, 아니 왜 크리스마스에 널을 뛰어요. 널뛰기는 단오, 단오.

모두들   웃음

시스터 1   그나저나 어제 뉴스에서 지씨 아저씨를 본 것 같아요.

연우   지씨 아저씨를요?

하민   지씨 아저씨는 일 년 전에 저희 병원을 떠나셨는데요.

연우   정확히 말하면 슈~웅 사라지셨죠.

시스터 1   인공 심장 전문 병원인 갈릴리 병원과 협력해서 더 많은 아이들에게 새 생명을 주겠다고 그 뭐냐…

시스터 3   촨스 홉킨스, 촨스 홉킨스

시스터 1   그래 맞다, 촨스 홉킨스. 그 대학병원 원장이 나와서 인터뷰를 하는데, 얼굴이며 목소리며 딱 지씨 아저씨를 닮았더라니까요.

시스터 2 에구머니나! 이게 무슨 소리야? 그럼 지씨 아저씨가… 미쿡인?

하민 지씨 아저씨가 원장님께서 수술하실 수 있다고 말씀해 주셨어요.

연우 그래, 맞아요. 지씨 아저씨가 원장님 위해서 우리가 합심해서 기도해야 한다고… 그래서 저희요, 원장님을 위한 기도회도 갖고 그랬었어요.

광수 그랬었군요. 실은…… 하나님에 대한 원망으로 가득 차 있던 그때, 지씨가 끊임없이 하나님의 뜻을 전해 주지 않았다면 일 년 전 그 수술을 결심하지 못 했을 겁니다.

광수의 독창이 시작되면 공은혜가 현지의 손을 잡고 무대로 들어온다. 광수의 독창이 이어지는 동안 은혜와 현지는 무대 위의 등장인물들과 반갑게 인사를 나눈다.

〈그는 누구일까_이광수 독창곡〉

은혜 (인자한 미소 머금고) 현지가 여러분께 드릴 말씀이 있대요.

현지 일 년 전 수술실에서요…

모두 일 년 전 수술실??

모두에게 현지에게 모이고, 작은 소리로 뭔가를 이야기하는 현지.

모두　　　　(동시에 관객을 향해 놀란 얼굴 짓는다) 헉!

광수　　　　(놀라며 관객을 향해) 그럼, 그때 그 지씨가…!

모든 조명이 꺼지고 무대 한 쪽 희미하게 조명이 밝아지면 지씨다.

지씨　　　　수민이처럼 작고 여린 아이를 왜 데려가셨는지 물어보셨지요. 이제 그 해답을 찾으셨나요?

무대 반대 쪽 조명이 들어온다. 광수다.

광수　　　　아니요. 아직… 하지만 그러한 고난과 고통 중에도 제가 무엇을 하길 주님이 원하시는지 저는 분명히 알 수 있었습니다. 그것은 무엇에든지 정결하며, 사랑할 만하며, 칭찬할 만한 일에 마음을 집중해야 한다는 것이었습니다. 저는 결국 빌립보서 4장 8절 말씀을 따라야 했습니다.

(자막_빌립보서 4장 8절)

광수　　　　형제들아 무엇에든지 참되며, 경건하며, 옳으며 무엇에든지 정결하며 사랑받을 만하며, 칭찬받을 만하며, 무슨 덕이 있든지 무슨 기림이 있든지 이것들을 생각하라.

지씨와 광수, 무대 반대편에서 서로를 바라본다. 지씨, 광수를 바라보며 고개를 끄덕인다. 이내 두 사람의 얼굴에 미소가 번진다.

조명 서서히 어두워진다.

2014년作
〈2014년-2018년 공연〉

수목장 樹木葬

수목장 樹木葬

드라마 콘셉트

사랑하는 엄마를 안락사시킨 간호사와 그녀를 사랑한 담당 검사 그리고 이들을 둘러싼 사회적 통념을 다룬 현실 사회 문제극.

작의

죽음은 심오한 윤리적인 문제이므로 사회적 합의가 있어야 한다는 데 많은 이들이 동의할 것이다. 대한민국 대법원이 2009년 처음으로 존엄사를 인정한다는 판결을 내린 이후, 우리 사회에는 존엄사 또는 적극적 안락사에 대한 찬반양론이 첨예하게 대립하고 있다. 사회적 합의가 이루어지지 않은 죽음. 그러나 우리 사회가 이것을 법의 잣대로만 심판하려 하고 이대로 방치할 때 이것은 더 이상 개개인의 문제가 아니라는 것을 알게 될 것이다.

필자는 이 글을 통해 생사의 결정이 누구의 영역이어야 하는가의 질문을 떠나서 경제적, 육체적, 정신적 어려움 속에 하루하루를 버티며 환자를 지켜내야 하는 가족의 고통을 돌아보고, 우리 모두가 사회의 구성원으로서 이들의 고통에 관심을 기울여야 함을 말하고 싶다.

#1. 민철의 아파트 베란다 (낮)

2014년 대한민국 서울. 민철은 베란다 청소 중이다. 말라비틀어진 꽃나무를 버리고 화분만 재활용하려고 흙을 긁어내는데, 뿌리가 성성하다. 화분 위 말라비틀어진 부분만 잘라내고, 다시 분갈이하듯 흙을 다지고 물을 준다. 그리고, 양지바른 곳에 올려놓는다. 이때, 민철의 휴대폰이 울린다.

E. 휴대폰 벨소리.

#2. 민철의 집 거실 (낮)

민철   선배.

수화기 너머로 개 짖는 소리 시끄럽게 들린다.

E. 개 짖는 소리.

기욱(F)   (개들에게) 니그들 조용히 안 하나. (민철더러) 뭐 하노?
민철   (개들 짖는 소리에 시끄러운 듯 수화기를 귀에서 살짝 떼더니)
                 오랜만에 쉬는 날이라 청소해요. 대청소.
기욱(F)   니 선 안 볼래? 정말 괜찮은 아가 있는데.

민철	선이요? 내 형편에 무슨 선이야.
기욱(F)	이눔아 봐라. 니 형편이 어때가? 그라만, 부모님 아픈 사람은 장가도 못 가나?
민철	그건 아니지만…
기욱(F)	봐라. 니, 나이 먹는 거 순식간이데이.
민철	알았어요. 생각 좀 해 보고 전화 줄게. 암튼, 고마워요.

전화 끊는다. 치우다 만 베란다의 화분들이 어지럽게 널려 있다. 소파에 앉아 방금 분갈이해서 선반 위에 올려놓은 화분을 보는 민철.

#3. 병실 (낮)

칠 년째 식물인간으로 누워 있는 아버지의 병실이다. 머리가 희끗희끗한 초췌한 아버지 누워 있다. 가느다란 호스가 아버지의 몸 곳곳에 꽂혀 있다. 호스에 의지해 아버지는 숨을 쉰다.

#4. 담당 의사 진료실 (낮)

민철과 형 민상, 민호, 주치의 앞에 앉거나 서 있다.

담당 의사	(건성으로) 다른 장기들 역시 기능의 70%는 유지하고 있

습니다. 건강하신 편이지요.

#5. 병원 휴게실 (낮)

민철, 형 민호가 자판기에서 커피를 꺼내고 있다. 민철, 건네진 커피잔을 받아들고 앉았다.
큰형 민상은 창문 너머 바깥에서 담배를 뻑뻑 피워대고 있다.

민호	민철이 너한테는 형들로서 면목이 없다. 면목이. 근데 어쩌겠냐. 자식들은 커 가는데 하는 일은 점점… 그나마 작년부터는 네 형수가 마트에서 캐서 하잖냐. 영욱이 제대 하면 봄 학기에는 복학시켜야 한다고. 하아~ 사는 게… 왜 이렇게 팍팍한지!
민철	(종이컵만 만지작거리고 있다)

큰형 민상이 휴게실 안으로 들어와 민호 옆에 앉는다.

민상	내 참, 기가 막혀서. 칠 년이나 누워 있는 사람한테 건강한 편이라고? 민철이 너, 장가도 안 가고 아버지 병원비 대면서 고생하고 있는 거 다 아는데, 세월이 칠 년이야. 칠 년. 이제 우리가 결정을 해야 할 때인 거 아니냐?
민철	그게 무슨 말씀이세요?

민상	나는 뭐, 아버지 자식 아니냐고. 하지만 막말로 아버지가 우리한테 해 준 게 뭐 있냐? 너야, 어려서 잘 모르겠지만, 우리한테 해 준 건 고사하고… (고개 돌려 깊은 한숨을 내쉬더니) 하아… 쯧. 돌아가신 어머니한테 한 걸 생각하면 (강조하며) 징그러워서 정말이지 아버지 소리도 안 나온다.
민호	그래서 어쩌자는 거야, 형은?
민상	그래서는 무슨 그래서야?
민호	그럼, 아버지를 이대로 죽이자고?
민상	벌써 칠 년이야. 칠년! 지금이라도 당장 민철이 결혼한다고 하면 너 어쩔래? 민호, 네가 모실래?
민호	에이, 내가 어떻게 그래? 내 형편 알면서.
민상	민철이 얘도 장가가야 할 거 아니야?
민호	그렇지. (민철의 눈치를 살피며) 민철이도 장가가야지.
민철	(커피를 단숨에 삼키고는 냉랭한 말투로) 제 일은 제가 알아서 해요. 신경 쓰지 마세요.
민상	뭐? 이눔 자식 말하는 거 봐라? 형들이 남이냐? 남이야? 가족 아니야, 가족! 너, 지금 형들이 무능해서 너한테 다 떠넘긴다 뭐 그런 소리 하고 싶은 거야? 그래?
민철	(종이컵만 바라보고 앉았다)
민상	너 그따위로 말하면 안 돼. 너 검사하겠다고 공부할 때 민호랑 내가 너한테 어떻게 해 줬냐? 응?

민호	(민상을 만류하며) 형, 왜 민철이한테 그래. 갑시다. 가.
민상	(민호에게 끌려 나가며) 너만 자식이냐? 너만 고생했어? 나도 아버지 생각만 하면 가슴이 답답해서 숨이 안 쉬어 져!
민호	에이 참, 나가자니까. 민철아, 네가 이해해라.
민상	뭘 이해해? 지 혼자 잘나서 대한민국 검사된 줄 아는 놈. 저 싸가지 없는 놈을!
민호	아이고. 형! 나가자고, 나가. 민철아, 먼저 간다.

민철, 들고 있던 종이컵을 힘주어 구긴다. 종이컵 엉망으로 구겨져서 바닥
에 버려진다.
구겨진 종이컵 CU.

#6. 거리풍경 / 삼계탕 식당 홀 (낮)

식당마다 북적이는 점심시간. 점심을 먹기 위해 직장인들로 가득한 식당
안 풍경은 분주하다.
여자의 손이 보글보글 끓는 삼계탕 뚝배기를 민철 앞에 내려놓는다. 부장
검사와 젊은 검사들, 각자 삼계탕을 앞에 두고 앉아있다.

부장검사	자, 수고들 했어. 오늘은 내가 사는 거니까 맛있게들 먹어.
검사들	네! 잘 먹겠습니다!

검사 1	부장님, 그런데, 국민참여재판에서요, 재판부가 배심원의 양형보다 더 무거운 형을 내린 사례가 극히 드물지 않습니까?
부장검사	그렇지.
검사 2	최 검사, 이번 안락사 사건 말하는 거야?
부장검사	말기암 아버지 부탁으로 아들이 아버지를 안락사시킨 그 사건?
검사 1	네. 배심원단은 가족의 딱한 사정을 고려해서 삼 년 형을 건의했는데 재판부에서는 두 배 이상 형량을 높였지 않습니까?
부장검사	그랬지. 그런데?
검사 1	우리나라가 곧 세계 최고 초고령화 사회가 될 텐데 이 판결은 좀 시대착오적 판결이 아닌가 싶어서요.
부장검사	이봐, 최 검사. 우리말에 삼대 거짓말이 있어. 장사꾼, 남는 거 없다. 노처녀, 시집가기 싫다. 늙은이, 빨리 죽어야지. 응? 아버지가 말기암으로 고통이 어마무시했다지만, 아무리 그래도 병상에 계신 분이 죽여 달라고 그 말을 진심이라 믿고 부모를 죽여? 그게 자식이 할 짓이야?

#7. 버스 안 (저녁)

퇴근 길, 복잡한 만원 버스 안에 몸을 실은 민철. 고단해 보인다.

#8. 병원 입구 (저녁)

병원 입구에 들어서는 민철. 간호사복을 입은 현주, 남자와 심각한 얼굴로 이야기 중이다.
민철, 현주와 남자를 힐끗 보면서 지나쳐 들어간다.

#9. 병실 / 화장실 (#8과 같은 시각)

민철, 아버지가 있는 병실에 조용히 들어간다. 아버지를 멀리서 바라본다. 가습기의 물이 떨어져 가는 것을 보더니, 재킷을 의자에 걸고 팔을 걷어붙인 후, 가습기를 들고 화장실로 향한다. 가습기 물통을 수도꼭지에 대어놓고는 넋을 놓고 있는 민철. 물통에 물이 넘치는 소리를 듣고서야 정신 차리고, 수도꼭지를 잠근다.
병실로 돌아온 민철은 가습기를 아버지 머리맡에 켜 두고 습도를 맞춘다. 호스에 의지해 숨을 쉬고 있는 아버지, 민철은 한 발짝 멀리 떨어져 아버지를 바라보다 짧은 한숨을 내쉰다.
그러다, 돌아서려는데, 환자복에 욕창이 터져 피가 스며든 것을 본다.

민철	아니, 이 사람들이…

화가 나 병실에서 나가 간호사실로 향하는 민철.

#10. 병실 복도 간호사데스크 (저녁)

담당 간호사 현주, 고개를 푹 숙이고 눈물을 훔치고 있다. 항의하려 다가가는 민철.

민철	저희 아버지, 등에 욕창 터진 거 보셨어요?
현주	(고개 들지 않은 채) ……
민철	모르셨어요?
현주	(여전히 고개 숙인 채) 네.
민철	옷에 피고름도 묻었다구요.
현주	(일어나 얼굴 보이지 않은 채 처치실로 들어가면서) 치료해 드릴게요.
민철	(돌아서려다 현주의 태도에 화가 나서) 이봐요!
현주	(현주, 등 보이고 제자리에 서 있다)
민철	저희 아버지, 죽은 사람 아니에요. 숨도 쉬시고, 말씀은 못 하시지만 아프면 아프다고 느끼고 계실 거…
현주	(돌아서면, 얼굴이 눈물로 범벅이다) 네, 바로 치료해 드리겠습니다.

272

(눈물을 훔치며 손에 처지도구 들고서 급히 병실로 향하고)

민철   아니, 저…

병실로 향하는 현주. 눈물을 훔치며 달아나 듯 자리를 뜨는 그녀를 바라보는 민철의 표정이 당황스럽다.

#11. 병실 (한밤중)

현주, 조심스럽게 병실 문을 열면 얼굴에 병색이 짙은 엄마, 고통스럽게 토하고 있다.

엄마   우웩! 켁켁켁!

현주   엄마! 엄마!

시간 경과 후,
조금 안정이 된 듯, 그러나 여전히 고통스럽게 숨을 몰아쉬는 엄마.

엄마   현주야.

현주   응, 엄마.

엄마   많이 힘들지.

현주   힘들긴. 내가 뭘. 엄마가 힘들지.

엄마   너한테 짐이 돼서 미안하다.

현주	엄마는. 또 그런다.
엄마	통증만 없으면 좋으련만. 약 기운이 떨어지면 창자가 끊어지는 것 같아서 참을 수가 없어. 아프지 않게 죽는 것도 복이라더니. 내가 지지리 복이 없어서 평생 우리 딸래미 고생만 시키고… (통증이 오는지 인상을 찌푸린다) 음…
현주	엄마, 힘들어. 그만 말해.

엄마의 등과 몸을 쓰다듬고 주무르는 현주. 치밀어 오르는 눈물을 꾹 참는다.

#12. 병실 (다른 날_저녁)

현주는 민철의 아버지가 있는 병실에 있다. 바이탈을 체크하고, 환자복을 정돈한다. 그러다, 생각난 듯 주머니에서 작은 빗을 꺼내 민철 아버지의 머리를 정성스럽게 빗질한다. 이때, 병실로 들어오는 민철과 마주치는 현주. 가볍게 목례하고는 나간다. 이후, 아버지의 모습 보면, 2:8 가르마로 단정히 빗겨져 있는 머리. 민철은 현주가 나간 문 쪽을 바라보며 피식 웃는다.

#13. 간호사실 (밤) / 회상

컴퓨터 모니터를 보고 앉아 업무 중인 현주, 잠시 생각에 잠긴다. #8의 저녁. 현주와 남자친구, 병원 입구에서 이야기 중이다. 심각한 이야기를 나누는지 두 사람 모두 표정이 좋지 않다.

현주	진섭 씨, 무슨 말인지 알아들었어. 더 애쓰지 않아도 돼.
진섭	현주야, 힘든 너한테 이런 말밖에 하지 못해서 정말 미안하다.
현주	아니야. 진섭 씨 어머니 하신 말씀 틀린 거 하나 없어. 다 이해해.

현주와 진섭, 어색하게 주변만 바라보고 앉아 말이 없다.

현주	나 그만 들어가 볼게. 근무 시간이라.
진섭	그래.
현주	잘 지내. 건강하게. 그동안 여러모로 고마웠어. (돌아서서 몇 걸음 가는데)
진섭	현주야.
현주	(제자리에 멈추고)
진섭	미안하다.

회상하던 현주, 애써 잊으려는 듯, 고개를 가로젓더니 컴퓨터 모니터 쪽으

로 시선을 돌린다.

#14. 병원 앞 편의점 (다른 날 밤)

어지럽게 번쩍이는 불빛의 앰뷸런스, 부산스럽게 사이렌을 울리며 병원으로 들어간다.

E. 사이렌 소리.

현주, 캔맥주 하나를 들고 편의점 앞 의자에 앉아 마시고 있다. 한 모금 더 하려는데, 다 마셨는지 나오지 않는 캔을 털어 보고. 이때, 현주 앞에 맥주 캔을 내미는 남자의 손. 민철이다.

민철   (현주 옆 의자에 풀썩 앉으면서) 왜 유니폼에 대한 환상
                이 있는지 알겠네요.
현주   네?
민철   그렇게 평상복을 입고 있으니, 그냥, 뭐랄까… 흔녀?
현주   뭐라구요?
민철   (캔맥주를 딴다. 그리고 시원하게 들이킨다) 캬아~
현주   그쪽도 그렇게 있으니, 검사 같아 보이지는 않는데요, 뭘.
민철   (맥주 캔을 내려놓으며) 제 직업이 검사인 줄은 어떻게
                아셨대?

현주	그건, 뭐, 환자 가족이니까. (당황스러워 황급히 맥주를 들이킨다)
민철	지난번엔 미안했어요. 그냥… 알잖아요. 이 생활이 언제 끝날지도 모르겠고. 그래서 답답한 날 있고, 아님, 숨 콱 막혀 죽겠는 날 있는 거.
현주	그날은 숨 콱 막혀 죽겠는 날이었나 봐요.
민철	(피식 웃으며) 말하자면 그렇죠.
현주	그래서, 어느 한 놈만 걸려 봐라. 내가 가만 안 둔다 뭐, 그런 거였어요?
민철	(어이없고) 그렇게까지는 아니고. (맥주 한 모금 마신다)
현주	(받은 맥주, 마개를 딴다. 시원하게 한 모금 마신다) 저희 간호사들도 힘들어요. 매일 되풀이되는 업무에, 환자 보호자들 끝도 없는 요구에, 삼교대라 잠도 제시간에 못 자고.
민철	근데, 그날은 왜 눈물을…?
현주	그냥…… 숨 콱 막혀 죽겠는 날, 그런 날…이었어요.
민철	(피식 웃더니, 화제를 돌려) 매일 이렇게 늦게 퇴근해요?

#15. 병원 앞 버스 정류장 (밤)

민철	내일 오프라면서 뭘 그렇게 서둘러 들어가요?
현주	(못 들은 척, 버스 오는 쪽을 목 빼고 바라보고 있다)

민철   저기나 들렀다 갑시다.

현주, 뭔 소리인가 싶어 민철을 바라보다가 민철의 시선이 머무는 곳을 따라가 보면,
대형극장의 엠블럼 보인다.

#16. 영화관 (밤)

민철과 현주, 영화 관람 중이다. 현주, 재미있는 듯 웃는다. 민철, 그 모습을 보다가 팝콘을 입에 넣어 주려고 한다. 현주, 민철을 바라보더니, 팝콘을 받아먹는다. 민철, 기분이 으쓱해진다.

#17. 영화관 앞거리 (밤)

현주, 거리에 서서 화장실에 간 민철을 기다리고 서 있다. 서 있는 바로 옆에 여성 속옷가게가 있다. 늦은 시간이라 쇼윈도에 불빛만 남긴 채, 이미 닫힌 가게. 현주, 쇼윈도를 통해 보이는 속옷들을 바라보고 있다. 화장실에서 나온 민철, 그런 현주에게 조용히 다가간다.

민철   (놀래키며) 웍!
현주   (놀라면서) 뭐예요! 놀랐잖아요.

민철	(야한 속옷 가르키며) 현주 씨, 이런 스타일 좋아하는구나. 야한 거.
현주	무슨 소리예요. 난, 그 옆에 레이스 달린 귀여운… 어휴, 내가 무슨 말을 하는 거야. 가요. 가. 얼른요.

민철의 팔을 끌고 가는 현주. 두 사람 뒤로 보이는 레이스 달린 앙증맞은 브래지어.

#18. 거리 (밤)

현주, 민철의 팔을 잡고 민철을 이끈다. 민철, 잡힌 팔을 빼서 현주의 손을 잡는다.
현주, 손 잡힌 채 민철에게 이끌려 걷는다. 이내 민철에게서 자신의 손을 빼고 걷는 현주.
머쓱해지는 민철.

민철	다리 아파요?
현주	(고개를 젓는다)
민철	배고파요?
현주	(고개를 저으며) 팝콘을 엄청 먹었어요.
민철	그럼, 술 한 잔 더 할래요?
현주	(고개를 저으며) 그냥 들어가서 잘래요.

민철	(제자리에 멈춰 서며) 그럼… 같이 잘래요?
현주	(민철을 바라본다)
민철	(방금과는 다르게 진지하게 현주를 바라본다)

#19. 민철의 사무실 (아침)

출근하는 민철, 사무실에 들어서면 사무관들이 민철에게 인사한다.

사무관들	나오셨습니까.
민철	네, 좋은 아침입니다!

평소와 달리 기분이 매우 좋아 보이는 민철을 보면서 서로 눈짓하는 사무관들.

#20. 구내식당 (점심)

사무관들과 식사하면서 큰소리로 웃는 민철의 모습이 즐거워 보인다.

#21. 버스 밖 / 거리 (저녁)

퇴근 길, 버스에서 내려 횡단보도를 뛰어 건너는 민철. 뛰어서 병원으로 들어간다.

#22. 간호사실 앞 / 병실 안 (저녁)

〈몽타주 with back music〉
민철, 엘리베이터 문에 비춰 옷매무새를 단정히 하고, 자신의 치아도 비춰 본다.
함께 탄 중년남, 이상한 듯 바라보면, 민철, 좀 쑥스럽다. 호흡을 고르고 천천히 걸어서 간호사실을 지난다. 현주, 미소 띤 얼굴로 민철에게 가볍게 목례한다. 아버지의 병실로 들어온 민철, 얼굴에 미소가 가득하다.

#23. 간호사실 앞 (다른 날_저녁)

〈몽타주 with back music〉
컴퓨터 모니터 앞에 앉은 현주와 일하느라 분주한 동료 간호사들 보이고. 퇴근해서 오는 민철의 손에 간식거리들이 들려 있다. 이를 현주 앞에 놓고 는 맛있게 먹으라는 제스처를 보인 뒤, 간호사실을 지나쳐 간다.

#24. 간호사실 앞 (또 다른 날_저녁)

〈몽타주 with back music〉
간호사들 삼삼오오 모여 이야기 나누는 모습 보이면 퇴근해 오는 민철. 두 손 가득 간식거리를 들고 일하고 있는 현주 앞에 서서 간식을 들어 보이고는 놓고 지나쳐 간다. 이를 보는 동료간호사들, 서로 눈짓하며 웃고. 현주도 기분 좋은 미소를 짓는다.

#25. 암병동 복도 (다른 날_밤)

병실에 있다가 엄마가 잠든 것을 보고 나가려는 현주. 열린 문 틈 사이로 복도에 서 있는 간호사 은주와 그녀에게 간곡히 무언가를 부탁하는 남자가 보인다. 현주, 나가려다 병실 문 앞에 서서 듣는다.

환자 남편	제발, 부탁입니다. 저희 사정 잘 아시잖아요. 몇 년째 저렇게 앓고 있는 저 사람, 병원비 대느라 빚도 엄청 지고 이제 그마저도 감당이 안 되는 상황이라 그렇습니다.
은주	그래도, 제게 부탁하실 일이 따로 있죠.
환자 남편	글쎄, 절대 간호사님께 피해 가지 않게 하겠습니다. 절대 말하지 않을게요. 제발요. 병원비도 병원비지만, 집사람이 너무 고통스러워하니까… 또, 본인이 저렇게 간절히 원하니, 이제 그만 보내 주고 싶어요.

은주	(매우 곤란해한다)
환자 남편	제가 영화에서 봤어요. 백 명이 넘는 환자들이 안락사할 수 있도록 도운 의사 이야기요. (주변을 살피더니, 주머니에서 흰 종이를 꺼내 간호사에게 건넨다) 그 영화에서 나온 약물이에요.
은주	(간호사 종이를 받아들고 읽으며) 치사량의 염화칼륨…!! (화들짝 놀라 종이를 남자에게 던지듯 돌려주며) 자꾸 저한테 이러시면 경찰에 신고하겠어요. (도망치듯 자리를 뜬다)
환자 남편	저기요, 저기… 간호사 선생님!

환자 남편, 복도 벽에 등을 기대고 풀썩 주저앉아 머리를 감싸 쥐고 괴로워한다. 숨죽이며 이를 지켜보는 현주의 괴로운 표정.

#26. 놀이공원 화단 앞 / 벤치 (낮)

화려한 화단 앞에서 가족들이 사진 촬영 중이다. 유모차에 아기를 태워 함께 사진 찍는 부부.
그 옆에서는 유치원생 즈음 되어 보이는 남매가 아빠, 엄마와 함께 화단 앞에서 사진을 찍고 있다. 또, 서너 살 된 여자아이가 바닥에서 분수가 올라오자, 놀라 울면서 엄마, 아빠에게 달려간다. 웃으며 여자아이를 안는 부부의 모습. 현주, 가족들의 나들이를 부러운 듯 바라보고 앉아있다. 민

철, 두 손에 커피를 들고 달려온다. 커피를 받으면서 따뜻하게 미소 짓는
현주.

민철   나도 결혼하면 저렇게 예쁜 딸 낳아야지.

현주   그게 민철 씨 마음대로 돼요?

민철   현주 씨, 모르는구나. 딸 낳는 비법.

현주   피이. 그런 게 어디 있어요.

민철   아니, 아직도 이렇게 순진무구한 처자가 남아 있다니.
          (현주에게 바짝 다가가서) 보름달이 둥글게 뜨는 날 밤,
          남자가 여자 오른쪽으로 올라가서 거사를 치루고 왼쪽
          으로 내려오면 아들을 낳는다는 왕실에 전해진 비법이
          있대요. 내가 책에서 읽었다니까.

현주   그럼, 딸은요?

민철   딸? 그야… 반대로 하면 딸이겠지.

현주   엉터리!

민철   진짜라니까.

현주   (예쁘게 웃어 보이며) 피이.

민철   아, 참. 진짜예요. 진짜라니까.

현주와 민철, 서로 쳐다보며 웃는다.

#27. 놀이공원 커피 잔 놀이기구 (낮)

민철, 즐거운 듯 소리 지르며 놀이기구 탄다. 함께 탄 현주, 오랜만에 밝게 웃는다.

#28. 병실 (같은 날_밤)

낮의 것과 같은 평상복을 입은 현주, 병실로 들어서는데, 엄마 순옥, 구역질을 하고 있다.
현주, 티슈를 빼서 엄마 입을 닦아 준다. 티슈를 입에서 떼어 보면, 피가 묻어 나온다.

순옥	(힘겹게) 현주야, 엄마… 이제 그만 보내 주면 안 될까?
현주	엄마, 그게 무슨 소리야.
순옥	병원에서도 가망 없다고 퇴원하라고 한 몸인데, 이렇게 얼마를 더 산들 무슨 소용 있겠니. 현주야, 내가 너무 고통스럽고 힘들어서 그래. 이제 그만 보내 주면 안 될까?
현주	(엄마의 손을 꽉 잡으며) 엄마.
순옥	자는 듯 갔으면 좋겠어. 이 엄마 마지막 소원이야.
현주	엄마, 흐흑흑흑…
순옥	우웩… 으으으…

현주에게 힘겹게 기대어 안긴 엄마의 얼굴 위로 눈물이 흐른다. 이때, 다른 병실에서 들리는 날카로운 여자의 비명소리.

E. 여자의 날카로운 비명소리.

#29. 병실 복도 (밤)

#28에서 시간 경과 후, 흰 천을 머리끝까지 덮은 시신 두 구가 차례로 들것에 실려 나온다.
남자의 팔이 흰 천 밖으로 나와 있다. #25의 환자 남편과 그 아내의 시신이다. 다른 병실의 환자 보호자들, 복도에 서서 이를 지켜보고 있는데.

보호자 여 1   결국은 둘 다 돌아갔구만. 쯧쯧쯧.

보호자 여 2   그러게. 죽지도 못하고 그렇게 앓더니… 불쌍타, 불쌍해.

보호자 여 1   마누라야 암 말기로 죽을 목숨이었다지만, 몇 년을 곁에서 병수발 들던 남편은 뭔 죄래.

보호자 남   잘됐는지도 모르제.

보호자 여 2   그건 또 뭔 소리래요?

보호자 남   저 집 사정 몰라서 그랴? 마누라 병 고칠라고 갖은 재산 다 날리고, 빚도 엄청 졌디야. 작년부터는 간병비도 없어서 남편이 병수발 다 했잖아. 병원비도 억수로 밀린 거 같던디. 그러니, 저렇게 둘이 나란히 돌아가는 게, 차라리 잘됐는갑다 싶은 거지.

보호자 여 1, 현주가 쳐다보는 눈길이 느껴지자 팔꿈치로 보호자 남을 툭 친다.

보호자 남   (현주 눈치 보다가) 나도 남일 같지가 않아서 그랴. 남일 같지가.

보호자들 하나둘씩 병실로 돌아간다. #25의 간호사 은주, 소리 없이 눈물 글썽이며 서 있고,
현주, 은주의 모습을 먼발치에서 바라보고 있다.

#30. 병원 앞 횡단보도 (다른 날_밤)

비 오는 밤. 생각이 복잡한 현주, 보행신호가 켜졌으나 알지 못하고 그 자리에 서 있다.

F.C
#25_제발 도와 달라며 애원하는 환자 남편의 간절한 모습
#29_머리 위까지 흰 천을 씌운 시신, 흰 천 밖으로 나온 환자 남편의 팔

그때, 민철이 횡단보도 앞에 넋 놓고 서 있는 현주를 발견하고, 현주의 우

287

산 속으로 뛰어 들어간다.

민철   잡았다!

현주   (놀란 눈 동그랗게 뜨고 민철을 올려다보는)

#31. 현주의 집 앞 (밤)

계속 비가 내리고, 우산을 함께 쓴 민철과 현주. 다세대 주택 앞에 멈춰서고.

현주   여기예요.

민철   병원에서 그렇게 멀지 않네요. 버스 타지 않아도 되고.

현주   그래도 전, 버스 타고 다녀요. 오늘 처음 걸어온 거예요. (우산을 건네며) 이거, 쓰고 가세요.

민철   (어정쩡하게 우산 받아들고. 하늘 보며) 금방 그칠 것 같지는 않은데.

현주   (비 내리는 하늘을 올려다본다)

민철   (하늘 보면서) 출출~하다.

현주   (잠시 생각하더니 민철보고) 라면… 먹고 갈래요?

민철   (푸읍, 웃음 터지고) 그거 무슨 말인지 알고 하는 말 같은데!

현주   (어이없어 민철을 쏘아보면서) 정말!

민철   (능글맞게 얼렁뚱땅 현주의 등을 밀며 집 안으로 들어간다) 라면 먹자, 라면 먹자. 아, 배고프다.

#32. 현주의 집 거실 / 주방 (저녁)

현주는 거실과 하나로 연결되어 있는 작은 주방에서 라면을 끓이고 있다.
민철은 거실에 놓인 사진들을 찬찬히 둘러본다. 현주와 현주 엄마, 둘이서
찍은 사진들로 가득한 책장 위 선반.
사진은 하나같이 행복한 미소를 짓고 있지만, 의지할 곳이라고는 서로밖
에 없는 외로움이 묻어난다.

현주(E)   라면 드세요.

식탁에 놓이는 두 그릇의 라면. 현주는 사기그릇에 총각김치를 얌전히 담
아 내온다.

민철   나 총각김치 정말 좋아하는데.
현주   (대꾸하지 않고 얌전하게 라면 한 젓가락을 입으로 가져
          가는데)
민철   (라면에 총각 무 한입을 베어 물더니) 와우, 언블리버블!
현주   (푸웁! 하마터면 라면을 품어 낼 뻔하고)
민철   (이런 현주 모습이 재미있는 듯) 장가가면 장모님께 총
          각김치 얻어다 먹어야겠네.
현주   (묵묵히 라면만 먹는다)
민철   (먹으면서) 근데, 어머님은 어디에 계세요?
현주   (대답하지 않고 라면 먹는다)

〈점프〉

소파에 앉은 민철. 현주, 머그잔 두 개를 들고 와 하나를 민철에게 내민다.

현주　　　대추차예요. 숙면에 좋아요.
민철　　　(한 모금 마시고) 맛 좋은데요.

현주, 민철의 옆에 거리를 두고 앉는다. 두 사람 사이에 잠시 정적이 흐르고, 민철이 먼저 말을 꺼낸다.

민철　　　나 어렸을 때, 어머니가 돌아가셨어요. 폐병으로. 그런데, 형들은 아버지 때문에 돌아가신 거라고 하더라구요. 아버지가 좀 아니었거든.
현주　　　(이해하지 못하고)……?
민철　　　동네 사람들은 아버지를 난봉꾼이다, 그랬어요. 아버지가 술을 마시고 오는 날은 어김없이 어머니를 때렸거든요. 어머니가 병으로 돌아가시게 되니까, 아버지는 집을 나가서 들어오지 않더라구요. 나야 어렸을 때라 잘 몰랐는데, 나이 차이 많이 나는 형들이 어머니 병수발에, 나 키우고 가르치느라 무지 고생했어요.
현주　　　그럼, 아버님은 언제…?
민철　　　칠 년 전에 뇌출혈로 반신불수가 돼서 우리들을 찾아오셨어요. 그때 마침, 내가 막 검사가 된 터라, 아버지가 무

290

척 좋아하셨죠. 핏줄이 뭔지. 그렇게 좋아라하는 아버지를 외면할 수가 없겠더라구요.

현주   (말없이 고개만 끄덕인다)

민철   자, 이제, 현주 씨 차례!

현주   (말이 없고)

민철   (갸우뚱한 표정으로 잠시 현주를 응시하더니)
그래요, 뭐. 말하고 싶지 않음 하지 않아도…

현주   (벌떡 일어나 창가로 가 선다) 비가 쉽게 그칠 것 같지가 않네요.

민철은 창밖을 바라보고 있는 현주에게 다가가 뒤에서 살포시 안는다. 잠시 후, 천천히 뒤돌아서는 현주, 민철을 가만히 올려다보면 민철도 현주의 눈을 지긋이 바라본다. 두 사람 곧 키스한다. 키스하는 현주의 볼을 타고 눈물이 한 방울 흘러내린다.

#33. 현주의 방 / 창문 밖 (밤)

창문 너머엔 여전히 비가 내리고 있다. 작은 방 안에는 현주, 옷 벗은 채 민철의 품에 안겨 잠이 들었다. 벗어 놓은 옷들 위로 #17의 속옷가게에서 보았던 레이스 달린 귀여운 브래지어가 보인다.

#34. 간호사 실 / 안 (다른 날_낮)

간호사 은주가 새로 들어온 약 몇 가지를 체크하고 있다. 수면제라고 적힌 상자를 연다. 숫자를 세는 은주.

간호사 은주　　　한 상자가 더 왔네.

한 상자를 들고 밖으로 나간다. 때마침, 간호사실 안으로 들어오는 현주. 수면제라고 적혀 있는 열린 약상자에 시선이 간다. 한 병을 슬쩍 집어 주머니에 넣는 현주의 손. 간호사 은주가 들어오자, 황급히 나가는 현주. 간호사 은주, 뭐지? 하는 눈빛으로 쳐다보더니, 열린 약상자로 시선을 옮기면, 수면제 한 통 빈 곳이 보인다.

#35. 민철 아버지의 병실 (낮)

현주는 민철 아버지의 침상을 이곳저곳 정돈하고, 아버지의 머리도 정성껏 빗겨 드린다.
민철의 아버지를 내려다보는데, 들리는 것만 같은 민철의 목소리.

민철(E)　　　　장가가면 장모님께 총각김치 얻어다 먹어야겠네.

현주, 슬픈 인사를 나누는 듯 민철 아버지의 손을 꼭 잡는다.

292

#36. 민철의 사무실 안 (낮)

민철 혼자 있는 사무실. 서류를 보면서 업무를 보고 있다. 불현듯 현주가 생각나고.

〈인서트 컷〉
#32의 키스하는 두 사람.

미소를 머금은 민철은 책상 위에 놓인 핸드폰을 보더니, 집어 들고 현주에게 전화한다.

E. 통화 연결음.

안내음(F)	지금은 전화를 받을 수 없어 음성 사서함으로…
민철	바쁜가?

#37. 병원 정문 (밤)

퇴근해서 병원으로 들어가는 민철, 두 손에는 치킨이 들려 있다. 회전문을 통과해 안으로 들어간다. 이때, 민철과 교차되면서 형사 두 명에게 연행되는 현주가 옆문으로 나간다.

#38. 간호사실 (밤)

민철   오늘 이현주 간호사님 오프인가요?
은주   그게……

동료간호사 은주, 곤란한 얼굴로 민철을 바라본다.

#39. 병원 정문 (밤)

미친 듯이 뛰쳐나와 사방을 둘러보는 민철.

은주(E)   어머니가 말기 암으로 암 병동에 계셨어요. 통증이 심하
               서서 괴로워하시니까, 편히 가실 수 있게 해 드리고 싶었
               나 봐요. 아무리 그래도 그건 살인 아닌가요?

민철, 숨을 몰아쉬며 망연자실한 얼굴로 자리에 서 있다.

#40. 부장검사실 (다른 날_낮)

부장검사는 소파에 앉아 TV로 방송되는 뉴스를 보고 있다. 이때, 민철 들
어와서 인사하면,

부장검사는 앉으라는 손짓을 한다. 두 사람 모두 TV 뉴스를 지켜보고 앉았다. TV 화면에 병원 보인다.

기자 지난 13일 밤 11시경, 서울의 한 병원에서 현직 간호사에 의한 안락사 사건이 발생했습니다. 이 모 간호사는 일 년 전부터 위암 말기로 치료 중이던 어머니의 부탁으로 안락사를 한 혐의를 받고 있습니다.

병원관계자(여) 진짜 착실한 사람인데, 그렇게 했을 때는 오죽해서 그랬을까 싶어서, 마음이 참 안됐어예.

기자 이에, 시민들의 반응도 분분한데요.

시민인터뷰(남) 인간의 생명은 신으로부터 받는 거 아닙니까. 아무리 어려운 상황이어도 사람이 사람을 죽일 권리는 없다고 봅니다.

시민인터뷰(여) 우리나라 법 제도 아래서는 그럼, 이 간호사는 사람을 죽인 강도나 다름없는 살인자인 거잖아요. 하루빨리 이런 안타까운 처지에 있는 사람들을 도울 수 있는 복지제도가 마련되었으면 좋겠어요.

부장검사, TV 끈다.

부장검사 봤지?

민철 네.

부장검사 말기 암 환자, 그 딸에 의한 존속 살인 사건. 이게 현직

간호사라 더 들썩이는 거 같아. 이번 사건, 김 검사가 맡
도록 해.

민철   ……!

#41. 민철의 사무실 앞 복도 (낮)

자판기 커피를 들고 창밖을 바라보고 있는 민철.

부장검사(E)   간호사가 사용한 수면제, 이 수면제를 수입하는 제약회
사 사이트가 접속이 폭주해서 완전 마비됐다는 거야. 무
슨 말인지 알아들어? 그만큼 사회 이목이 집중돼 있는
사건이라 이 말이야. 내가 김 검사 생각해서 특별히 신
경 쓴 거야.

민철은 괴로운 듯 고개를 가로젓는다.

#42. 법원 앞 (낮)

기자들 취재 열기가 뜨겁다. 기자들 사이를 치고 나오는 최성철 기자 보인다.

최 기자   네, 여기는 존속살해 혐의로 기소된 이 모 간호사의 재판

이 시작될 법원 앞입니다. 이제 곧 재판이 시작될 텐데
요. 제 옆에는 김영찬 신부님께서 나와 계십니다. 신부
님, 안녕하십니까.

신부 네, 안녕하십니까.

기자 천주교는 안락사에 대해 반대 입장을 표명하고 있습니
다. 이번 사건을 어떻게 보고 계십니까.

신부 인간은 자연스럽게 태어나고 자연스럽게 죽을 권리가
있는 것입니다. 이렇듯 인간의 생명은 하나님으로부터
부여받은 것이므로 인간이 또 다른 인간의 생명을 끊는
안락사란 절대 있을 수 없는 일입니다.

#43. 법원 내 재판정 (낮)

들어와 피고석에 앉혀지는 현주. 모습이 초췌하다. 현주의 모습을 가슴
아프게 바라보는 민철.
방청석에서 현주와 민철의 모습을 날카로운 시선으로 바라보는 최 기자
가 보인다.

판사 검사 측 공소사실 진술하세요.

민철 지난 13일 밤 23시경 피고 이현주는 말기 위암으로 투병
중이던 어머니에게 치사량의 수면제를 투여해 사망에
이르게 하였습니다. 피고는 매주 수요일, 간호사실에 환

자들의 치료를 위한 목적으로 수면제 등의 약이 들어온
다는 사실을 알고 담당 간호사가 잠시 자리를 비운 사이
수면제 한 병을 훔쳐 숨기고 있었습니다. 그리고, 그다
음 날인 13일 밤, 23시경 피고의 어머니 김순옥에게 치
사량의 수면제를 투여해 사망에 이르게 한 존속살해 사
건입니다.

〈점프〉

현주를 신고한 #34의 동료간호사 김은주, 증인석에 나와 앉아있다.

민철   증인은 피고 이현주와 어떤 사이인가요?

은주   같은 병동에서 5년 동안 함께 일해 온 동료입니다.

민철   그럼, 증인은 피고의 어머니 김순옥 씨가 위암 말기로 암
                병동에서 투병 중인 것을 알고 있었겠군요.

은주   네, 알고 있었습니다.

민철   그럼, 피고가 얼마나 정신적, 육체적, 경제적으로 고통을
                받고 있었는지도 잘 알고 있었구요.

은주   네, 잘 알고 있었습니다.

민철   그런데, 오 년 동안 함께 일해 온 동료가 어머니에게 치
                사량의 수면제를 투여해 사망시켰을 때, 왜 제일 먼저 신
                고를 했나요? 그냥 눈감아 줄 수도 있었지 않았을까요?

은주   신념, 때문입니다.

민철	신념이요? 어떤 신념인지 구체적으로 말씀해 주시죠.
은주	현주 씨가 얼마나 힘들고 어렵게 어머니를 간호하면서 살아가고 있는지 모르는 바는 아닙니다. 하지만, 어머니가 아무리 간곡히 부탁을 한다고 해도 이건 엄연한 살인이라고 생각했어요. 현주 씨가 어머니에게 수면제를 투여한 것이 어머니를 위해서 하는 일이라고 생각하고 행동했던 것처럼, 저 또한 그 행동이 옳지 않다는 신념으로 신고했습니다.
민철	이상입니다.
판사	변호인 측 반대 심문하세요.
변호인	증인은 부모님이 생전에 계십니까?
은주	네.
변호인	증인은 친형제들이 몇 명이나 됩니까?
은주	이남 일녀 입니다.
변호인	형제들의 직업은 어떻게 됩니까?
은주	오빠는 의사고, 남동생은 대기업에 다니는 직장인입니다.
변호인	가족들이 의사고, 대기업에 다니고, 또 증인은 간호사고. 연봉을 합치며 어마어마하겠습니다.
민철	(일어서며) 이의 있습니다! 변호인은 지금 이 사건과 아무 관련 없는 질문을 하고 있습니다.
판사	인정합니다.
변호인	증인은 가족 중 오랜 기간 병상에 있는 가족이 있나요?
은주	없습니다.

변호인	그럼, 만약 증인의 가족 중 피고의 어머니와 같이 말기암 환자가 있다고 합시다. 그 가족이 고통을 참을 수 없어 죽음을 간곡히 부탁한다면 가족들이 합심해서 병원비와 간병인 고용비를 댈 수 있으니, 증인은 고통 속에 죽어 가는 가족의 모습을 죽을 때까지 지켜만 보겠군요?
민철	이의 있습니다! 변호인은 본 재판과 아무런 관련이 없는 질문으로 증인에게 인격 모독적인 발언을 하고 있습니다!
판사	변호인, 핵심을 말하세요!
변호인	증인은 피고의 어머니 김순옥 씨가 사망하기 일주일 전, 옆 병실에서 투병 중이던 환자의 보호자가 치사량의 수면제를 구해 줄 것을 부탁했지만, 냉정히 거절했었습니다. 결국, 그 환자의 보호자는 극심한 빈곤과 아내가 죽여 달라며 간곡히 부탁하는 등의 정신적 고충을 이기지 못하고, 아내와 함께 동반 자살하고 말았습니다. 그럼, 그 부부가 함께 사망하지 않고 병간호를 하던 남편이 살았다면 피고에게 한 것처럼 그를 경찰에 신고했겠군요.
은주	당연하죠. 그건 명백한 살인이니까요!
민철	재판장님! 지금 변호인은 추측에 의한 단정으로 증인을 모욕하고 있습니다!
변호인	그렇지 않습니다! 피고 이현주는 한 어머니의 금쪽같은 자식이자, 이 사회의 선량한 시민으로 살아왔습니다. 그런데, 말기암으로 고통을 참지 못하는 어머니의 간곡한 부탁을 외면할 수 없어서, 존속 살인자가 되는 길을 택했

던 겁니다. 피고와 같이 돈 없고, 빽 없고, 자신이 어머니의 유일한 가족인 사람은 이러한 경우, 존속 살인자가 되어 (피고를 가리키며) 저 자리에 앉아 있어야만 하는 이 현실에 대해 말하고 있는 것입니다. 저는 피고에게 잘못이 없다고 주장하는 것이 아닙니다. 다만, 피고 이현주가 존속살해 혐의로 이 재판정에서 판결을 받아야 한다면 세계 최고의 초고령화 사회로 가파르게 올라서고 있는 대한민국은 머지않아 수천, 수만의 존속 살인자 공화국이 되고 말 것임을 말하고자 하는 것입니다. 그러므로, 본 변호인은 피고가 안락사에 대한 아무런 법안이 없는 법정에 나와 재판을 받아야 하는 이 부당한 현실을 고발하고자 하는 것입니다!

변호인의 목소리, 법정 안에서 메아리처럼 울려 퍼진다.

#44. 부장검사실 (낮)

부장검사 그만두겠다니, 지금 얼마나 많은 눈과 귀가 이 재판을 지켜보고 있는지 몰라서 그래? 재판이, 장난이야?

민철 그게 아니라, 제가 많이 부족한 거 같습니다.

부장검사 김 검사, 아버지 때문에 이러는 건가?

민철 ······

부장검사   법을 집행하는 사람이 공과 사를 구분하지 못하고 이렇게 약해 빠져서야. 쯧쯧. 그러니, 이번 재판은 더더욱 김 검사가 마무리해야 될 일이야! 자네 감정은 접어두고 법대로 해. 법대로! 법은 그러라고 있는 거 아니야!

#45. 법원 내 재판정 (낮)

현주, 증인석에 앉아있다.

판사   변호인 측 심문하세요.
변호인   피고는 최근 오 년간 사귄 애인과 헤어졌지요?
현주   네.
변호인   왜 헤어졌습니까?

#46. 법원 밖 (낮) / 변호인의 회상

민철, 변호인에게 커피잔을 내민다.

변호인   난, 재판 중에 검사하고 커피 마시지 않는데.
민철   어차피 대한민국에 존재하지도 않는 안락사법으로 형을 감형받기는 어려운 거 아시지 않습니까?

변호인	그래서요?
민철	정상참작을 해서 최소 형량을 받을 수 있게 돕겠습니다.
변호인	(뭐지?라는 표정으로 민철을 바라본다)

#47. 법원 내 재판정 (낮)

#45에 이어,

변호사	피고는 오 년간 사귀던 연인의 가족들이 투병 중인 어머니 김순옥 씨의 존재를 불편해하자, 연인과 결별을 했고, 그래서 홧김에 우발적으로 어머니에게 치사량의 수면제를 투여했다는 데 동의하십니까?
현주	......
변호사	피고! 사랑하는 연인과 헤어져 그것에 대한 홧김 즉, 우발적 감정이 이번 사건에 영향을 주었다는 데 동의하십니까?
현주	......
판사	피고, 대답하세요.
민철	(현주를 애타게 바라보고 있다)
현주	헤어진 연인과 어머니의 죽음은 아무런 상관이 없습니다. 저는 다만 엄마가 너무 고통스러워하시니까 쉽게 해 드리고 싶었습니다.

변호사   (낭패스럽다는 표정)

민철의 마음이 무너져 내린다. 이를 재판정 한구석에서 지켜보는 최 기자,
현주와 민철을 번갈아 쳐다본다.

#48. 민철의 사무실 앞 복도 (낮)

어깨를 늘어뜨리고 걸어오는 민철. 최성철 기자, 사무실 앞에서 기다리고
있다.

최 기자   김민철 검사님, 내일일보 최성철 기자입니다. 존속살해
               혐의로 재판받고 있는 이현주 씨 관련해서 한말씀 부탁
               드립니다.
민철   재판 중 인터뷰는 하지 않습니다. (들어가려는데)
최 기자   이현주 간호사, 검사님 아버지의 담당 간호사였더군요.
민철   (돌아본다)
최 기자   병원에 계신 분들에게 물어봤더니, 이현주 간호사님이
               아버님께 지극 정성이었다더라구요. 혹시 두 분 사이
               에…
민철(OL)   (기자의 멱살을 잡아 벽에 밀어 붙이면서 나지막히 말한다)
               이 새끼, 대한민국 검사가 우스워? 어디서, 개수작이야!

이때, 사무관 몇몇이 두 사람을 쳐다보면서 지나쳐 간다. 그제서야 기자의 멱살을 놓는 민철.

민철	재판 중에 인터뷰는 하지 않습니다. (사무실로 홱 들어 간다)
최 기자	(옷매무새 바로하며 코웃음 친다) 하아!

#49. 민철의 사무실 안 (낮)

머리를 감싸 쥐고 책상 앞에 앉아 고민스러운 표정의 민철.

〈인서트 컷〉
#47_재판정 안에서의 현주의 모습.

이때, 휴대폰 울린다. 화면에 뜨는 이름 기욱 선배.

E. 휴대폰 벨소리.

기욱(F)	바쁘나?
민철	좀.
기욱(F)	그럼, 니 퇴근 후에 병원으로 온나.
민철	왜 또 병원이야?

#50. 동물병원 안 (같은 날 저녁)

기욱, 하얀 개 한 마리를 안고 여기저기 보고 앉았다. 민철이 문을 열고 들어서자, 힐끔 보고는 다시 개를 향하는 기욱의 시선.

기욱	왔나.
민철	그 앤 몇 살이야?
기욱	열다섯 살이다. 사람으로 치믄 구십 먹은 할매다. 할매.
민철	이제 뭐, 갈 때 됐네.
기욱	그렇제. 갈 때가 되긴 했는데. 밥은 잘 먹거든. 똥오줌도 잘 싸고. (민철 보면서) 점점 마비가 오는데 밥을 잘 먹는다 카는 거는 장기들은 아직 살 만하다는 거거든.
민철	……
기욱	이기 문젠 기라. 몸에 마비가 오면 식욕도 끊어지고 그라믄서 장기들이 제 기능 못 하고 숨이 끊어져야 하는데, 참 생명이라는 게 질겨서, 장기들이 하나씩 하나씩 기능을 잃어 간다 아이가. 그래가 야들 고통만 심해지고. 장기들이 하나씩 망가지이께. 죽일 수도 없고, 그렇다고 낑낑대면서 서서히 죽어 가는 걸 보는 것도 못 할 짓이고. 말 그대로 진퇴양난이다. 진퇴양난!
민철	(표정이 어둡다)

306

〈점프〉

테이블 위에 맥주 캔이 놓여 있다. 마른오징어를 집어 입에 넣고는 질겅거리는 기욱.

조금 취했다.

기욱	니는 목숨이 누구 손에 달렸다고 생각하노?
민철	뭐야, 뜬금없이.
기욱	내는 목숨은 하늘에 달렸다고 생각한다. 그래가, 목숨이 붙어 있는 생명체는, 그게 뭐가 됐든 간에 절대! 네버! 함부로 죽여서는 안 되는 거거든.
민철	그런데?
기욱	그런데, 가족처럼 길러온 개가 아파서 밤새 낑낑대만 주인들이 마음이 아파가 미치는 기라. 결국 안락사시켜 돌라꼬 나한테 델고 안 오나.
민철	그럼, 결국 주인 자신들이 괴로워서 키우던 개를 안락사시킨다?
기욱	그렇기도 하고 아니기도 하고. 아픈 당사자가 제일 아프겠지만 가족이라 생각했으니까 자신들도 그 개만큼 아프고 괴로운 기라. 가족이라면 우째 그걸 따로 생각할 수 있겠노? 가족 모두가 함께 아프다 이 말이다.
민철	……
기욱	민철아, 니는 대한민국 검사 아이가. 누가, 아픈 가족 땜

에 괴로워가 그 가족을 안락사시켰다고 하믄 자신을 위
해 그래 한 일만은 아니다 이 말이다. 오죽 힘들었으면
동반 자살하고 그러겠나. 법대로만 생각하지 말라꼬 내
말하는 기다. 사람 나고 법 났지, 법 나고 사람 났나?

민철   ……

기욱   나는 그 간호사가 참 딱하고 또 생각해도 딱하다. 니도
아픈 아부지 돌보니라꼬 애써 봐서 그 마음 누구보다 잘
알지 않나?

#51. 교도소 안 (밤) / 현주의 꿈

〈인서트 컷〉

#30_현주의 우산 속으로 민철이 들어오면 현주 깜짝 놀라 민철을 올려다
보고.
민철, 따뜻한 눈빛으로 현주를 내려다본다. 그러던 민철, 갑자기 무서운
얼굴로 돌변하더니 한 손으로 현주의 목을 잡고 누른다.

민철   잡았다!

깜짝 놀라 잠에서 깨는 현주, 깨어 보면 교도소 안이다. 현주, 서러움에 눈
물이 핑돈다.
눈물을 흘릴까 봐 눈을 꼭 감고 입을 꽉 다문다.

#52. 법원 앞 (낮)

법원 앞에서 시위하는 종교단체 회원들, '안락사법 반대한다!'. '생명을 주신이도 하나님! 거두시는 이도 하나님' 등의 피켓을 들고 반대 구호를 외치는 무리로 북새통을 이룬다. 복잡한 인파 속에 최성철 기자 인터뷰하는 모습이 보인다.

최 기자   법학과 교수님의 입장으로서 이번 재판 결과가 안락사 관련 법을 입법화시키는 데 영향을 미칠 거라고 생각하십니까?

법학과 교수   안락사 관련법을 입법화시킨다는 것은 시민들의 생명을 국가가 결정하는 법, 지금 그걸 만들겠다는 거거든요. 온 국민이 재판의 결과를 지켜보실 테니, 그 결정 또한 국민 여러분께서 하시리라 생각합니다.

#53. 법원 내 재판정 (낮)

판사   검사 측 최후 변론하세요.

민철   말기 암으로 죽음의 고통 속에 연명하고 있던 어머니 김순옥 씨가 아무리 죽여 달라고 했더라도 병상에서 한 말을 진지한 뜻으로 보기 어렵습니다. 또한 안락사 논란과 관련해서는 투병 중인 어머니에게 치사량의 수면제를 투여해 살해하는 행위는 연명 치료 중단이라고 볼 수 없습니다. 이에 존속살해 혐의로 피고 이현주에게 칠 년형을 선고하는 바입니다.

판사 변호인 측 최후 변론하세요.

변호인 피고 이현주는 평생 어머니과 단둘이 살아왔습니다. 어머니는 세상에 단 하나밖에 없는 유일한 가족이자, 삶의 동반자였습니다. 또한 피고 이현주는 간호사로 일하면서 많은 이들에게 칭찬받는 선량한 대한민국 국민으로서 살아왔습니다. 단 한 번도 법을 어긴 일이 없는 피고가 극심한 고통을 이기지 못한 어머니의 부탁을 따랐던 점을 참작해 주시기 바랍니다. 또한, 아직 대한민국에는 안락사에 대한 법안이 없음을 상기해 주시기 바랍니다. 그런 관계로, 피고 이현주가 존속살해 혐의로 저 자리에 앉아 있습니다만, 부디 피고가 일반 살인자와 다르다는 시각에서 정상 참작해 주실 것을 호소하는 바입니다.

〈점프〉

판사 대한민국 법이 자기 결정권을 중요시한다고는 하지만, 생명의 존엄보다 우선할 수는 없습니다. 그러므로 자기 결정권으로 인해 환자의 목숨을 끊는 것을 경계해야 할 것입니다. 2014년 현재, 대한민국에는 안락사에 대한 법이 존재하지 않습니다. 고로 본 재판은 피고 이현주의

존속살해 혐의에 대한 재판이며, 이 재판은 대한민국의
현존하는 법체계 내에서 진행되는 재판임을 상기하기
바랍니다.

판사는 현주에게 구형하려고 한다.
순간 세상이 적막으로 뒤덮인 듯, 현주에게는 아무 말도 들리지 않는다.
그녀를 둘러싸고 있는 환경이 마치, 영화 속 화면처럼 느리게 보여지고.
판결문을 읽는 판사의 입, 민철의 고통스러운 표정, 안타까운 얼굴의 변호
인이 보인다.
이때, 현주에게 쏟아지는 햇살. 현주, 눈을 껌뻑인다. 눈이 부시다.
판사, 재판봉을 두드리면,
그대로 정신을 잃고 자리에 쓰러지고 마는 현주.
Dis.

#54. 산기슭 (낮) / 현주의 회상

눈부신 햇살이 현주의 눈꺼풀 위에 내려앉는다.
이때, 들리는 엄마의 목소리. '현주야.'
감은 눈 한쪽을 살포시 뜨는 열다섯 살의 현주.

순옥   현주야, 일어나 봐.
어린 현주   나 졸린데.

#55. 강가 (낮) / 현주의 회상

강가에 있는 큰 소나무 아래 두 모녀.

순옥	이 소나무 정말 멋지지?
어린 현주	엄청 크네.
순옥	크기만? (솔 내음 맡으면서) 음, 솔향기 좋지 않아? 엄만 다시 태어나면 이 소나무로 태어나고 싶어.
어린 현주	어어, 잠깐! 갑자기 시상이 떠오른다.
순옥	뭔데? 들려줘 봐봐.
어린 현주	제목, 소나무처럼 사는 당신에게.
순옥	오호라!
어린 현주	〈소나무처럼 사는 당신에게〉 나는 소나무가 좋다. 가시처럼 돋아 있는 수만 개의 솔잎들을 마치 새순인 양 품고도 아무렇지 않게 푸르른, 그런 당신이 나는 좋다.
순옥	우와! (박수 치며) 넌 멋지다. 우리 딸!
어린 현주	멋있어? 정말? 나 시인이 될 건가 봐. 요즘 밥 먹다가도 시상이 막 떠올라.
순옥	그래? 멋지네! (현주의 눈치를 살피면서) 이렇게 똑똑한 우리 따님은 사람이 죽으면 나무 밑에 묻는 걸 뭐라고 하는지 아시는

지 몰라?

어린 현주   글쎄, 들어본 것 같기도 하고.

순옥   수…… (힌트 주듯이 뜸을 들이고) 수목장이라 그래.

어린 현주   수목장?

순옥   응. 엄마는 이 소나무 아래 수목장으로 해 줬으면 좋겠어.

어린 현주   그런 말 싫어, 엄마.

순옥   현주야. 언젠가 죽음이 온다면 나한테 먼저 오지 않겠니? 그럼, 엄마는 너무 많이 아프지 않을 때, 자는 듯 갔으면 좋겠어. 엄마의 이런 생각, 현주는 알고 있어야 하잖아. 우린 세상에 유일한 가족이니까.

어린 현주   하지만, 그건 오십 년 후에 일이다. 알았지?

순옥   헉! 오십 년이나?

어린 현주   그리고, 내가 의사 돼서 엄마 절대로 죽지 못하게 할 거야!

순옥   방금은 시인될 것 같다며? 그래! 좋아. 그럼, 엄마 늙지도 않게, (얼굴을 양옆으로 당기며) 팽팽하게, 이렇게 만들어 줘야 해.

어린 현주   잉? 그건 이상해.

순옥   왜? 더 젊어 보이지 않아?

어린 현주   아, 몰라. 이상해.

순옥   너, 엄마 오래 살 테니까 얼굴에 주름 없이 팽팽하게 이렇게 해 주기다.

어린 현주   아, 하지 마. 괴물 같아. 이상하다니까.

장난스럽게 어린 현주에게 얼굴 들이대는 순옥, 이상하다며 밀치는 현주.
소나무를 사이에 두고 도망하고 잡는 현주와 순옥의 모습이 애틋하다.

#56. 간호사실 앞 (밤)

초췌한 얼굴로 어깨를 늘어뜨린 채, 병동에 들어서는 민철. 간호사실을 지나쳐 가려는데,
언뜻 현주 모습을 본 것 같아 다시 보면, 아니다.

#57. 병실 (밤)

병실 문손잡이를 잡는다. 문을 빼꼼히 연다. 문틈으로, 누워 있는 아버지가 보인다.
병실로 들어간다. 민철, 서서 아버지를 내려다본다. 그러다가 가만히 귀를 대고 숨소리를 들어본다.

E. 아버지의 숨소리.

물끄러미 아버지를 내려다보던 민철은 천천히 손을 뻗어 산소 호흡기로 가져간다.
아버지의 숨소리가 점점 더 크게 들린다.

E. 점점 크게 들리는 아버지의 숨소리.

기욱(E)   가족이 아프니까, 자신들도 아프고 괴로운 기라. 우째
             그걸 따로 생각할 수 있겠나? 가족 모두가 함께 아프다
             이 말이다.

E. 바이탈 기계 소리 '픽-' (환청)

#58. 병원 바깥 구석 후미진 곳 (밤)

민철, 심하게 구역질한다. 거칠게 숨 몰아쉬며 벽에 기대어 서서히 주저앉
는다. 오열하기 시작하는 민철.

기욱(E)   누가, 아픈 가족 땜에 괴로워가 그 가족을 안락사시켰다
             고 하믄 자신을 위해 그래 한 일만은 아이다 이 말이다.
             사람 나고 법 났지, 법 나고 사람 났나?

눈물, 콧물, 침이 범벅이 된 채, 두 손으로 입을 틀어막고 오열한다.

#59. 로펌 회사 앞 거리 (6개월 후_아침)

거리에는 출근하는 차들로 붐빈다.
빌딩 숲들 사이에 보이는 큰 간판, P&G 로펌이다.

#60. 민철의 사무실 안 (아침)

사무실 안 책상에 명패 '변호사 김민철'이라 적혀 있다. 새로운 사무실에서 물건들을 정리 중인 민철. 이때, 휴대폰 진동 울린다.

E. 휴대폰 진동소리.

기욱(F)	김민철 변호사 님, 첫 출근 소감이 어떤노~?
민철	(웃으며) 좋아 죽겠습니다.
기욱(F)	이제, 철밥통 아니니까네, 정신 바짝 차리고 일하래이~
민철	(군기 든 것처럼) 넵! 열심히 하겠습니다!
기욱(F)	봐라. 근데, 니 지난번 말한 선은 언제 볼끼고?
민철	또, 또 이런다. 내가 말했지. 나, 기다리는 사람 있다고.
기욱(F)	뭐라? 이눔 자슥! 니 아직도 정신 못 차렸나? 유죄 선고해가 교도소에 보낼 때는 언제고, 니, 지금 속죄하는 기가?
민철	참, 선배! 나 바뻐. 끊어!
기욱(F)	야! 김민철이! 야! 민철아!

전화 뚝 끊어 버린다.

#61. 도로 (낮)

민철의 SUV가 도로 위를 달린다. 민철의 차 뒤로 보이는 표지판, '청주 여자 교도소'

#62. 청주 여자 교도소 / 교도소 안 (낮)

벽에 기대어 멍한 표정으로 앉아 있는 현주.

교도관(여)　　　202003번, 면회다.

#63. 청주 여자 교도소 / 면회실 (낮)

여자교도관, 곤란한 표정 지으며, 민철에게 다가온다.

교도관(여)　　　저, 검사님. 오늘도 만나지 않겠다는데요.
민철　　　그래요. 뭐, 어쩔 수 없죠. 이거나 전해 주세요.
교도관(여)　　　(꾸러미 안을 들여다보는데)

민철	이것저것 챙겨 봤는데… 뭐, 또 필요한 거 있나요?

#64. 교도소 안 (낮) / 현주의 상상

벽에 기대어 앉은 현주, 생각에 잠기면. 순옥, 건강한 모습으로 김치를 담고 있다.

민철	장모님, 저희 왔습니다.
순옥	아유, 우리 사위 왔어.
현주	엄마는 사위밖에 안 보여?
순옥	그래, 난 우리 이쁜 사위밖에 안 보인다. 김 서방, 김치 담가서 어서 저녁 먹자.
민철	헤헤, 장모님, 그럼 오늘 김치에 보쌈 먹겠네요.
순옥	김치에 보쌈만? 소주가 빠지면 서운하지.
민철	역시! 우리 장모님, 뭘 좀 아신다니까. 장모님 최고!
현주	암튼, 사위 사랑 장모라고 딸래미는 서러워 어디 살겠어?
순옥	부러우면 너도 빨리 사위 얻어라.
현주	뭐? 뭐라는 거야, 엄마는.

서로를 바라보며 웃는 모습들이 행복해 보인다. 그러나, 현실의 현주는 운다. 감은 눈에서 눈물이 하염없이 볼을 타고 내린다.

#65. 병실 (낮)

간병인, 아버지의 몸을 닦고 있다. 민철, 아버지의 병실에 잠시 들렀다가 이를 본다.

민철   제가 할게요. (재킷을 벗어 의자에 걸고는)
간병인   제가 해도 되는데.
민철   제가 해 드리고 싶어서 그래요. (팔을 걷어붙인다)
간병인   (물러선다)

팔을 걷어붙인 민철, 정성스럽게 아버지의 몸을 닦는다.

〈점프〉

아버지의 머리를 빗질한 민철, 물러서면, 2:8 가르마로 단정한 아버지의 모습 보인다.
민철은 아버지의 얼굴을 쓰다듬어 본다.

민철   아부지, 나 잘 다녀올게.

민철은 간병인에게 가볍게 목례하고는 병실을 나간다.

#66. 민철의 차 안 / 도로 (낮)

6개월 후,

민철은 운전을 하고 있다.

밖은 온통 하얀 눈으로 뒤덮여 있다.

라디오에서 DJ의 멘트가 들린다.

(추억의 가요 산책)

DJ(F)   오늘 아침에 일어나 보니, 세상이 어떻게 보이시던가요?

저는 겨울왕국이 생각났습니다.

운전하시는 분들은 조금 불편하실 수도 있겠습니다만,

안전 운전하시구요. 하얀 눈을 누려 보시길 바랍니다.

하얀 눈을 보니까, 이 노래가 생각나더라구요.

트윈 폴리오가 노래합니다. 하얀 손수건.

민철의 SUV가 도로 위를 달린다. 차 뒤로 보이는 표지판, '청주 여자 교도소'

#67. 청주 여자 교도소 (낮)

⟨with back music_하얀 손수건⟩

노래   헤어지자 보내온 그녀의 편지 속에

320

곱게 적어 함께 부친 하얀 손수건
고향을 떠나올 때 언덕에 홀로 서서
눈물로 흔들어 주던 하얀 손수건
그때의 눈물 자위 사라져 버리고
흐르는 내 눈물이 그 위를 적시네.

벤치 위에 놓인 작은 소나무분재 화분이 보인다. 그 옆에 망연자실 앉아 있는 민철. 벤치에 앉은 민철의 손에 하얀 편지지가 들려 있다.

교도관(여)(E)　　2주 전부터 음식을 통 먹지 않았어요.
　　　　　　그러더니, 어젯밤에 결국. 이 편지가 곁에 남겨져 있었습니다.

#68. 강가 (낮)

강가에 자리 잡은 소나무 아래 서 있는 민철. 소나무 아래 작은 비석에 현주의 이름이 새겨져 있다. 민철은 안고 있는 소나무분재 화분을 내려놓는다. 화분 속 소나무분재를 조심스럽게 들어 올리면 삼베천으로 잘 감싼 뼛가루가 든 종지가 보인다. 현주의 어머니 순옥의 것이다. 그것을 조심스럽게 꺼내어 현주의 소나무 아래 함께 묻는다. 동작 하나하나가 마치 의식을 행하듯이 정성스럽게 보인다. 이 시각 민철의 마음에는 현주와의 지난 일들이 바람결에 스쳐간다.

⟨몽타주 with back music⟩

#22. 민철, 엘리베이터 문에 비춰 옷매무새를 단정히 한 후, 현주 앞을 지나가면 현주, 목례하며 미소 지어 보인다. 병실로 들어온 민철, 얼굴에 미소가 가득하다.

#27. 놀이기구를 함께 타며 즐거운 모습의 민철과 현주.

#30. 비오는 밤. 횡단보도 앞에 넋 놓고 서 있는 현주를 민철이 발견하고, 현주의 우산 속으로 뛰어 들어간다. '잡았다'를 외치는 민철과 놀란 현주.

#32. 키스하는 두 사람. 현주의 뺨을 타고 내리는 눈물.

#43. 법정 내에서 고개 숙인 현주, 안타깝게 바라보는 민철.

#69. 병실 (밤) / 민철의 상상

불 꺼진 컴컴한 병실. 민철은 아버지 곁에 엎드려 있다.

이때, 문을 열고 들어오는 간호사. 현주다.

현주는 민철의 어깨에 살포시 손을 얹는다. 천천히 고개를 드는 민철, 현주의 손을 잡고 현주의 가슴에 얼굴을 묻는다. 현주, 민철의 머리를 감싸 안는다.

민철의 어깨가 들썩이기 시작한다.

민철   왜 이제 왔어요.

현주 씨한테 꼭 할 말이 있었는데.

꼭 해야 할 말이 있었어요.

나, 현주 씨 기다릴 거라고.

왜냐고 물으면 사랑하니까.

그러니까 나 미워하지 말라고.

꼭, 꼭 말하려고 했는데,

왜…… 이제 왔어요.

왜, 왜……

민철을 감싸 안은 현주는 소리 없이 눈물만 하염없이 흘린다.

현주의 품에 안긴 민철은 어린아이처럼 소리 내어 울기 시작한다.

점점 큰 소리로 엉엉 우는 민철.

다시 보면,

아버지를 부여잡은 민철, 어둠 속에 홀로 울고 있다.

2013년作

〈세계문학예술 시나리오 부문 당선〉

메피스토펠레스의 유혹, 지우개

ⓒ 작가 水, 2023

초판 1쇄 발행 2023년 11월 9일

지은이   작가 水
펴낸이   이기봉
편집   좋은땅 편집팀
펴낸곳   도서출판 좋은땅
주소   서울특별시 마포구 양화로12길 26 지월드빌딩 (서교동 395-7)
전화   02)374-8616~7
팩스   02)374-8614
이메일   gworldbook@naver.com
홈페이지 www.g-world.co.kr

ISBN   979-11-388-2453-8 (03810)